Les mazurkas

Olivier Vetter

Les mazurkas

Le monde d'après

© 2020 Olivier Vetter
Photo de b1-foto sur pixabay
Édition : BoD – Books on Demand
12/14 rond-point des Champs-Élysées, 75008 Paris
Impression : BoD - Books on Demand, Norderstedt, Allemagne
Dépôt légal : octobre 2020
ISBN 978-2-3222524-2-8

Un grand merci à Isabelle Mégard-Navarro pour son travail, pour sa gentillesse et pour son soutien inconditionnel. Sans elle, je n'aurais sans doute pas poursuivi l'aventure.

Merci à Fabrice, le premier lecteur pour ses remarques constructives.

Merci à tous ceux qui ont lu et corrigé « les mazurkas ». Et même si les collaborations n'ont pas toujours été fructueuses pour différentes raisons, j'ai essayé de prendre en compte les multiples commentaires.

Sans oublier Alain, mon ultime lecteur, pour sa patience et son regard incisif.

Merci à tous les auteurs qui m'ont nourri.

Jour J

Des notes sous la voûte.

Saluons la découverte d'un nouveau talent dans notre ville. Nour, cette prometteuse pianiste qui jouera ce soir à la cathédrale une sélection des mazurkas de Chopin, un compositeur qu'elle vénère.

Une seule question se pose : pourquoi a-t-elle attendu aussi longtemps pour nous faire partager son amour de la musique ? Tout simplement, « parce qu'elle n'était pas prête », prétend-elle. La vie ne l'a pas épargnée. Comme beaucoup, Nour a traversé de nombreuses épreuves, sans jamais perdre espoir. Meurtrie dans sa chair, elle s'est accrochée à son instrument contre vents et marées. « Sa bouée de sauvetage », comme elle se plaît à l'expliquer.

Ces dernières années, la belle pianiste s'est surtout occupée de ses filles, d'adorables jumelles passionnées de musique. La relève semble assurée.

De son propre aveu, Nour serait paresseuse. Le moindre effort la rebuterait. Que dire alors des interminables répétitions qui remplissent ses journées ?

Ne la croyez surtout pas et venez l'applaudir ce soir.

Vous ne serez pas déçus.

Article paru dans Le Renouveau *de ce matin.*

La tempête

Jour J moins dix semaines

Les notes de musique s'infiltrent dans l'esprit quadragénaire de David, l'incitent à reprendre pied. Il peut quitter son rêve, échapper à l'engourdissement. Un par un, ses neurones sortent de leur léthargie. Les synapses s'animent. Les idées se forment. Floues, puis de plus en plus claires. La conscience émerge.

David reconnaît le morceau. Une mazurka de Chopin. Un bon choix.

Il se tourne sur le côté, frôle Nour. Il pose ses lèvres au creux de son cou. Là où la peau est la plus soyeuse. Il lui murmure des mots doux. Un rituel quotidiennement renouvelé dont il ne se lasse pas.

Nour. Sa moitié. Son double. Celle qui lui a tant appris. La confiance. Le partage. L'abandon. Le détachement. L'amour. Chaque jour, depuis vingt ans, il mesure un peu plus sa chance. Tout chez elle l'émerveille. Ses yeux. Sa bouche. Sa peau. Son ventre. Ses cuisses. Ses cicatrices.

Trois fois par semaine, David s'éveille ainsi. Les lundi, mercredi et vendredi. En toute quiétude. Alors que les dernières brumes du sommeil s'estompent, il laisse la réalité l'imprégner.

Les autres matins, il émerge plus tard, en même temps que sa dulcinée. Ils peuvent alors se raconter leurs rêves, se caresser, s'embrasser et goûter au plaisir d'entamer une nouvelle journée ensemble.

Beethoven et sa quatrième symphonie succèdent à Chopin. David soupire. À la fin du deuxième mouvement, il devra se lever, prendre son petit déjeuner, se doucher et partir. Hugo, le robot de la famille, aura tout préparé. L'eau sera réglée à la température idéale. Il écoutera les nouvelles du jour. Une sélection des sujets qui l'intéressent. La culture, la vie locale, l'écologie, et l'indispensable météo. Mais pour l'instant, il peut somnoler dans cet entre-deux.

Nour sourit dans son sommeil. Sa magnifique crinière rousse s'étale sur l'oreiller. Son visage est paisible. Ses traits sont gracieux. Souvent, David se surprend à envier sa sérénité.

Lui aussi pourrait rester au lit. Profiter du revenu de base pour se prélasser. Cette somme, versée par l'État fédéral, à partir de dix-huit ans, donne à tout le monde le droit de vivre décemment. Plus besoin de chercher un emploi ni de subir les affres du qu'en-dira-t-on, comme cela se passait trop fréquemment dans les temps anciens. Désormais, chacun est libre de rester chez soi.

David a choisi de travailler. Quinze heures par semaine. La durée légale. Son salaire permet d'améliorer le quotidien de sa famille. Les jumelles peuvent ainsi suivre leurs cours particuliers : la harpe pour Fanny, le violoncelle pour Clara. Chacune cultive son jardin, à l'instar de leur pianiste de mère.

Comme souvent, au réveil, David se laisse emporter par ses pensées. Les images se mêlent. La réalité lui échappe, et sans Hugo, pour le tirer de sa rêverie, il repartirait bien pour une seconde nuit de sommeil.

Trente minutes plus tard, un soleil de plomb l'accueille

au pied de l'immeuble aux formes arrondies où il loue son appartement pour un montant dérisoire. Seul privilège, un rez-de-jardin qui lui coûte un supplément de loyer. Les jumelles peuvent ainsi jouir du parc qui entoure la résidence.

Les constructions actuelles ne dépassent pas trois étages, les imprimantes 3D ne pouvant pas œuvrer plus haut. Les angles droits de jadis ont cédé la place aux courbes, qui, en dehors de l'esthétisme, résistent mieux aux colères du ciel.

Une alerte écarlate a justement été lancée pour ce soir. Une fois de plus, il va falloir se claquemurer.

Il semblerait pourtant que la puissance des tempêtes diminue depuis quelques années. Cela reste à prouver. En règle générale, David est du genre sceptique. Il se méfie des rumeurs, trop souvent porteuses de fantasmes.

D'un pas de sénateur, il s'engage dans la rue des Préludes. Puis il gagne le boulevard des Sonates, un large ruban qui ceinture le centre-ville. Quelques cyclistes le dépassent. Les rares piétons qu'il croise le saluent.

Une navette le survole. Rose pâle. L'engin trace une courbe dans le ciel pour disparaître derrière un rideau d'arbres. Ces petites merveilles ont remplacé les véhicules individuels d'autrefois, s'adaptant aux besoins du passager. Elles peuvent voler, rouler, et parfois même fendre l'écume, selon le modèle. Gratuites. À la disposition de tous. Faciles à utiliser. Il suffit d'indiquer oralement la destination pour qu'elles vous y amènent.

David passe devant la station de trams des Mazurkas. Du nom de l'ancien quartier d'affaires qui occupait jadis les lieux. Toutes les rues portent des patronymes de compositeurs : Mozart, Bach, Berlioz, Mendelssohn, Schumann, Verdi. Une idée originale, surgie de l'esprit d'un élu mélomane ou d'un urbaniste cultivé, à l'époque lointaine où les façades de verre se succédaient avant d'être remplacées par les habitations qui ont poussé depuis vingt ans.

Perdu dans ses pensées, David se laisse surprendre par le hurlement strident de la sirène qui se déclenche brusquement, l'obligeant à se plaquer au sol, le nez dans l'herbe, entre les rails du tram. La dernière fois, il s'était aplati dans une crotte de chien. Il avait été obligé de rentrer se changer.

Autour de lui, tout s'est figé. Les navettes qui volaient se sont posées, procédure d'urgence oblige. Celles qui roulaient se sont arrêtées. Un silence de mort règne sur l'avenue.

De tels exercices sont fréquents. Officiellement destinés à maintenir la vigilance des habitants en cas d'attaque terroriste. David soupçonne les autorités de chercher à entretenir une dangereuse paranoïa, un climat de peur.

D'habitude, une seconde alerte clôt la séquence, autorisant chacun à reprendre le cours de sa vie. Pas aujourd'hui. David s'impatiente. Toutes ces précautions lui paraissent ridicules. Prenant appui sur ses mains, il commence à se redresser. Tant pis pour les consignes. En principe, des drones repèrent les contrevenants. Mais ce matin, le ciel reste vide. Personne ne viendra le verbaliser.

C'est alors qu'il perçoit une explosion, dans le lointain, suivie d'un panache de fumée noire. Aussitôt les haut-parleurs crachent leurs ordres :

– Ceci n'est pas un exercice.

La centrale à charbon a été attaquée. C'est tout au moins ce que prétend le bracelet connecté de David. Un terroriste s'y serait fait sauter.

– Ceci n'est pas un exercice.

– On a compris, ricane David.

Cet attentat tombe bien, cette centrale figurant à l'ordre du jour de la réunion de ce soir. La commission des transports et de l'énergie doit débattre de son sort. Ce sujet revient chaque année sur le tapis, avec ses pour et ses contres. Les opposants gagnent toujours. Jusqu'à quand ?

En tant que représentant du quartier, David aura son mot à dire. Cela fait une semaine qu'il prépare son argumentaire. Pas question pour lui de rouvrir cette usine polluante qui n'a pas été utilisée depuis des décennies. Sa destruction permettrait de régler définitivement le problème.

Sans attendre la fin de l'alerte, David reprend sa marche, le long de la ligne de tram, en évitant les passants étendus qui ont été surpris par la sirène. Une mère de famille rassure sa fillette effrayée. Un homme âgé se cramponne à sa canne. Un couple profite de l'occasion pour se bécoter. À chacun ses priorités.

Des herbes folles ondulent entre les rails. David n'y a jamais vu un engin circuler. Il est pourtant prévu de remettre le réseau en service afin de justifier la réouverture de la centrale. Foutaises !

La ville se développe d'année en année. Une nouvelle population, triée sur le volet, s'y installe. Des quotas ont été mis en place. N'importe qui ne peut pas franchir les portes de la cité. Ce qui n'était pas le cas jadis. Lorsque les cars déversaient leur cargaison de réfugiés. Comment oublier ?

Jour J moins vingt ans

En dix années d'errance, David n'avait jamais eu aussi froid. Un vent glacial transperçait la doudoune rose qu'un bénévole lui avait donnée au départ. Courte. Moulante. Il avait choisi la moins ridicule. D'autres n'avaient pas eu cette chance. Comme ce petit homme affublé d'un manteau violet, trop long, trop large. Un épouvantail ne l'aurait pas envié. David se raccrochait à ce qu'il pouvait. Lui au moins conservait une certaine dignité. Rose, certes.

Combien de temps avait duré le trajet ? Six heures. Sept heures. Peut-être davantage. Parti avant l'aube, le convoi s'était arrêté après le crépuscule. Les paysages s'étaient succédé. Des montagnes enneigées. Des forêts mystérieuses. Des plaines labourées. Des zones industrielles abandonnées. Des villages fantômes. Des cités inconnues. Ils avaient parcouru des centaines de kilomètres.

À vingt ans, la vie de David se résumait à une suite de transferts, plus ou moins rapprochés. Il avait été transbahuté depuis son enfance. De centres de rééducation en camps de redressement.

Une population hétéroclite s'entassait dans le car. De tous âges. De toutes origines. Des hommes et des femmes aux traits tirés. Certains conversaient. La plupart somnolaient.

La voisine de David s'était mise en boule au départ du convoi, pour ne plus changer de position avant son arrêt définitif. Rien n'était parvenu à troubler son sommeil. Ni les rares pauses. Ni les coups de frein du conducteur.

Des militaires les accueillirent. Armes aux poings. Pas question de s'écarter du groupe. Une fois ses affaires récupérées, chacun devait suivre le mouvement.

Le camp avait été installé à l'intérieur d'un ancien centre commercial. Avec sa galerie marchande, ses escaliers et ses boutiques transformées en hébergements. Du provisoire qui durait. À l'instar des précédents lieux qu'avait traversés David.

Des cloisons avaient été dressées. Les réfugiés disposaient ainsi d'un espace personnel où ils pouvaient s'organiser à leur guise.

En découvrant l'alcôve qui lui avait été attribuée, David grimaça. Tout lui déplaisait. Les murs nus. La lumière blafarde que lui apportait l'unique ouverture. Le bruit permanent. Le froid. Et ce matelas en mousse, couvert de taches douteuses.

Le peu qu'il possédait tenait dans son sac à dos : l'indispensable duvet, une lampe torche, un couteau, une fourchette, une gourde, un morceau de savon, quelques vêtements de rechange. Sans oublier la serviette, le briquet, le crayon, la ficelle, les pansements, le désinfectant. Un inventaire exhaustif.

Il se glissa dans le duvet, s'allongea sur la couchette, une bride du sac enroulée autour du bras, et sombra dans un profond sommeil.

Une rumeur le réveilla. C'était l'heure de la distribution des vivres. David connaissait le principe. Cela pouvait durer des heures. Le temps de faire la queue. De subir les commentaires des râleurs. De surveiller les resquilleurs. De piétiner. Avant de récupérer sa pitance. Plus ou moins fade. En général, cela se limitait à un bout de pain, un plat cuisiné, une pomme flétrie, un morceau de fromage. Parfois, des biscuits venaient agrémenter le tout. Quant à la boisson, il fallait se contenter de l'eau qui coulait des robinets. La bière n'était pas prévue au menu.

Par le plus grand des hasards, la fille du car le précédait dans la file d'attente. Lorsqu'il tenta d'engager la conversation, elle le rembarra. Tout juste lui apprit-elle son prénom : Angela.

David ne se formalisa pas. Cette fille ne manquait pas de caractère.

Il se contenta de récupérer sa ration, une fois son tour venu. Rien ne pouvait lui faire plus plaisir que le pot de confiture qu'il y découvrit. À la fraise, son fruit préféré. Un nectar qu'il allait devoir déguster avec modération, pour le faire durer le plus longtemps possible.

Jour J moins dix semaines

David longe maintenant la Zone. Un quartier abandonné depuis des lustres. Avec ses immeubles éventrés par les obus, ses façades noircies, ses carcasses tordues de véhicules calcinés, son silence. À l'exception d'une poignée de marginaux qui se contentent du minimum, une cabane, un appartement ouvert aux quatre vents, un abri de fortune, plus personne ne vit ici. La nature en a profité pour reprendre ses droits. Il n'est pas rare de surprendre un chevreuil ou d'apercevoir des lièvres. Les sangliers y pullulent. Et de nouvelles espèces d'oiseaux y ont élu domicile.

Loin des regards, une cohorte de robots rasent les ruines. Un travail trop ingrat pour être confié à des homo sapiens. Mur après mur. Étage après étage. Les gravats serviront à bâtir des habitations ou à tracer des routes. Rien ne sera jeté. Tout sera recyclé.

La robotisation des tâches pénibles permet de libérer du temps. Les humains peuvent ainsi se concentrer sur d'autres activités dans des domaines aussi variés que la culture, l'éducation, la recherche ou la sieste.

David ne pourrait plus se passer du sympathique Hugo. Un modèle vieillissant qui s'occupe de la logistique, du ménage, de la cuisine, qui amène les jumelles à l'école, qui suit leurs devoirs, qui surveille l'appartement et qui connaît les goûts de chacun. Les enfants adorent ce compagnon de jeu qui ne se lasse jamais et refuseraient toute acquisition d'une nouvelle machine, même si cette dernière pouvait conserver les caractéristiques de Hugo, ainsi que sa mémoire.

Tous les six mois, David le confie à son ami Omar, pour la révision. Une opération de routine. Omar vit à la périphérie de la ville où il partage, avec ses cinq filles et sa compagne, une villa entourée d'arbres. Dans son atelier, il répare les mécaniques détraquées, remplace les circuits défectueux, les bras amputés, les yeux arrachés. Le reste du temps, il rejoint David au potager.

Après des débuts chaotiques, les jardins communautaires ont pris de l'ampleur. Découpés en parcelles, ils occupent une bonne moitié de l'agglomération et permettent à la population de se nourrir en toute sécurité. Des escouades de volontaires se relaient pour les entretenir. Les fruits et légumes passent du producteur au consommateur en quelques heures, sans perte.

Hijra complète l'équipe de jardiniers, apportant son lot de fantaisie. Couturière de formation, elle fabrique ses vêtements à partir de hardes qu'elle récupère à droite et à gauche. À chaque jour sa tenue. Du bleu. Du rouge. Des robes. Des pantalons bouffants. Des shorts. Des tuniques. Elle mélange les couleurs, un vrai feu d'artifice. Un émerveillement que David a pris l'habitude d'apprécier et de commenter.

Ce matin, quand il rejoint ses acolytes après sa traversée de la Zone, David découvre une Hijra perturbée. Sa nouvelle salopette la déprime. Le violet ne lui convient pas. Rien ne va. C'est la cata.

– Ses hormones la démangent, se moque Omar.

– Tu sais ce qu'ils te disent mes hormones ?

– Elles ne me disent rien de bon. On dit une hormone, pas un hormone.

– On dit aussi une baffe.

Avec son allure élancée, ses traits fins et sa chevelure abondante, Hijra cultive son androgynie. Par son ambiguïté. Par ses gestes. Sa féminité ressort par tous les pores de sa peau. Mais dès qu'elle s'énerve, sa voix déraille, descend dans les graves pour revenir aussitôt à sa juste tonalité. Elle est alors capable de déverser un flot de pittoresques insanités qui tranchent avec son physique.

Hijra a toujours refusé de choisir son genre. À la norme imposée, elle préfère la marge, jouant sur le flou.

– Je suis trop nulle, continue-t-elle.

– Mais non, t'es pas nulle, la rassure David.

– Je sers à rien.

– C'est sûr qu'ici, tu ne sers pas à grand-chose, ajoute Omar qui ne rate jamais une occasion de la titiller.

– Tu es notre rayon de soleil, complète David.

– Tu parles d'un rayon, renchérit Omar.

Avec le temps, David s'est habitué à de telles sautes d'humeur. Hijra peut passer de l'euphorie la plus totale à la déprime la plus sombre en quelques minutes, sans raison apparente.

– Je suis trop moche.

– Certes, commence Omar, tu n'as pas été gâtée par la nature, mais il ne faut pas désespérer.

– Salaud.

– On pourrait peut-être aller bosser un peu, tranche David, en enfilant sa tenue de travail, une épaisse combinaison kaki du plus mauvais effet qui ne craint ni la crasse ni les déchirures.

– Enfin, si cela ne vous dérange pas trop, croit-il bon

d'ajouter.

– Oui chef, répondent en chœur ses deux collègues.

La petite troupe se fraye bientôt un chemin entre les plantations. Pastèques, melons et fraises s'épanouissent. Plus loin, ce sont les tomates et les courgettes qui abondent. Puis viennent les légumes d'hiver, les serres, et le verger.

Quand il a envisagé de cultiver des pastèques, tout le monde s'est moqué de lui. Faire pousser de tels végétaux à une telle latitude relevait de la folie. L'échec était assuré. C'était sans compter sur sa ténacité. Après une première tentative infructueuse, ce fruit connut un succès surprenant. Même les anciens détracteurs s'en gavent désormais.

David peut être fier de son équipe. Quinze heures par semaine. Par tous les temps. Sur des terres prêtées par la commune chacun fait de son mieux. Le travail ne manque pas. Il faut désherber, pailler, cueillir, entretenir ce lopin. Améliorer le rendement par des méthodes naturelles. Étaler le compost. Surveiller les besoins en eau. Attirer les insectes utiles. Chasser les parasites. Autant de tâches qu'un robot ne peut pas effectuer.

Aujourd'hui, il faut protéger les cultures de la tempête qui approche, renforcer les tuteurs, consolider les murets, limiter les risques en rangeant les outils qui pourraient se transformer en projectiles. Les vents vont tout balayer, tout emporter.

À midi, les jardiniers prennent le temps de déjeuner à l'ombre d'un jeune chêne. David découvre la ration que lui a préparée Hugo pendant la nuit. Le robot connaît ses goûts et concocte chaque jour de nouveaux plats. La surprise est toujours au rendez-vous. Celui d'aujourd'hui ne déroge pas à la règle. Les légumes sont parfaitement agrémentés, et le quinoa est cuit comme il faut. Un régal.

Pendant quelques minutes, chacun se tait, le nez plongé dans sa gamelle. Hijra a retrouvé le moral. Elle dévore ses boulettes de légumes. Omar, quant à lui, manie ses baguettes avec dextérité. Depuis quelque temps, il a abandonné la fourchette, sans véritable raison si ce n'est le plaisir d'expérimenter une nouvelle technique.

– Tu y crois à cette histoire de terroristes ? demande David.

– Des conneries tout ça, déclare Omar. Ceux qui tirent les ficelles n'ont rien inventé. La peur fait des miracles. Les gens sont alors prêts à tout accepter.

– Comme quoi ?

– Les bibliothèques sont remplies d'exemples. Le passé devrait nous éclairer. Malheureusement, les gens ont la mémoire courte.

– À qui profite le crime ?

– Ce n'est pas bien compliqué à comprendre. Les petits chefs peuvent se transformer en tyrans.

– Tu vois le mal partout.

– Il est partout si tu sais regarder. Ici et ailleurs.

Omar se lance alors dans une diatribe contre les exploiteurs qui se sont réfugiés sur des îles artificielles, d'immenses embarcations fabriquées par des nantis. Des milliardaires qui se prenaient pour les maîtres du monde.

– Des privilégiés, des capitalistes, qui ont amassé des fortunes sur le dos des ouvriers avant de disparaître lorsque la situation leur a échappé.

Les fameuses îles se déplaceraient sur les océans, au gré des courants et des événements. Quelque part dans le Sud, loin des regards.

– Des ordures qu'on aurait dû éliminer quand il était encore temps.

David connaît le discours par cœur.

– Ils nous ont pillés, continue Omar.

En tant que membre d'un réseau mondial d'activistes, le maraîcher maîtrise le sujet, toujours prompt à dénoncer, à combattre, à défendre la veuve et l'orphelin.

– Un jour, ils reviendront. Et nous n'aurons plus que nos yeux pour pleurer.

Hijra profite de l'instant pour se curer les ongles à l'aide d'un canif. Une opération délicate qui nécessite un maximum de concentration.

– On regrettera notre faiblesse, ajoute Omar.

– N'empêche, intervient Hijra. On a beau dire, ils se débrouillent mieux que nous. Ils ont vaincu la maladie et construisent des fusées pour voyager dans les étoiles. Il paraît même qu'ils vivent jusqu'à trois cents ans.

– Il paraît même que leurs poules ont des dents, ricane David. Et que du chocolat chaud coule du pis des vaches.

– J'irais bien voir à quoi elles ressemblent ces îles, soupire Hijra.

Elle rêve de palmiers, de plages, de couchers de soleil, d'eaux turquoise, de baignades interminables, de sel sur la peau brunie, de destinations lointaines.

Des images surgissent des mots. Des souvenirs remontent à la surface. Des pensées émergent. Pendant quelques secondes, David se laisse submerger, s'égare.

Jour J moins trente-six ans

Une plage. Du sable. Du soleil. Un enfant qui construit un château. David, quatre ans.

Un voile de brume couvre l'horizon. Des blockhaus peinturlurés occupent le pied des dunes. David n'a pas le droit de s'en approcher.

Derrière lui, l'océan gronde. D'immenses rouleaux déversent leur écume. En temps normal, des surfeurs attendent la vague. Mais aujourd'hui, le rivage est désert.

Assise sur sa serviette, une femme téléphone. Sa mère. Catherine. Juriste dans une grande firme, une multinationale. Des mots reviennent : investissement, fiscalité, rendement, licenciements, bénéfices. David ne comprend pas ce charabia.

Catherine ne quitte pas son smartphone. Il lui arrive parfois de s'énerver contre son interlocuteur. Un nul. Un incapable. Un parasite dont il va falloir se débarrasser au plus vite.

Rien ne la perturbe. Ni le regard des rares passants qui s'aventurent sur la grève ni les cris de son fils.

Elle avait loué une maison pour la semaine, sur une bande de terre qui séparait un golfe aux eaux calmes et l'océan aux flots agités. Bien isolée, derrière les pins, loin des voisins. Une villa trop grande pour eux deux, qui offrait de nombreux terrains de jeu : dans le jardin, sur la terrasse, sous la véranda. Autant d'endroits que David pouvait explorer. Mais il préférait profiter de la présence de sa mère, ne la lâchant pas d'une semelle. Il la suivait d'une pièce à l'autre.

De temps en temps, il écoutait de la musique sur un mange-disque qui prenait la poussière. Un vieil appareil au fonctionnement fascinant. Il avait appris à charger les vinyles tout seul.

Les pochettes cartonnées l'émerveillaient. Des illustrations aux couleurs criardes. Des photos usées par la lumière. Du rêve. Les mélodies l'enthousiasmaient, malgré les craquements. Il aimait les morceaux rythmés. Ceux qui donnent envie de danser, sans pour autant détester la musique classique, avec une préférence pour le piano. Il pouvait rester des heures assis, à écouter les notes qui s'égrenaient. Le calme l'envahissait alors. Il se sentait bien, apaisé.

Lorsque l'ennui le rongeait, il regardait la télé, se gavait d'images, de dessins animés, de films, de documentaires, de reportages, de publicités, de bandes-annonces, de vidéoclips. Rien ne lui échappait. Il engloutissait tout. Des dinosaures aux insectes. De la femme dénudée au tueur en série.

Les repas se prenaient sur la terrasse d'un restaurant. Côté golfe. Face aux parcs à huîtres qui s'étalaient à marée basse. Souvent, Catherine s'offrait un plateau de crustacés qu'elle dégustait religieusement. Le téléphone à portée de main. Des messages venaient toujours l'interrompre. Parfois, un appel l'obligeait à s'éloigner. Elle arpentait alors l'étroite bande de sable, située en contrebas de la terrasse de l'établissement, à grandes enjambées, ignorant les enfants qui jouaient.

Aux fruits de mer, David préférait le poisson pané. Avec

des frites qu'il trempait alternativement dans la mayonnaise et le ketchup. Le tout arrosé de soda. Un menu rassurant qui ne variait pas d'un jour à l'autre.

À heures fixes, les tables se remplissaient, prises d'assaut par le flot de vacanciers que déversaient les bateaux. Certains grimpaient dans le petit train qui menait à l'océan. D'autres louaient un vélo. La plupart profitaient de la vue que la terrasse offrait.

Le midi, un chat noir venait s'étendre à côté de David, sur le parapet, à l'ombre du parasol. L'animal se laissait alors caresser sans ciller, soulevant une paupière de temps à autre, avant de changer de position pour mieux replonger dans sa torpeur. Rien ne le perturbait. Ni les cris. Ni les conversations. Ni l'agitation du restaurant. À croire qu'il était sourd.

David surveillait la jetée qui menait à l'embarcadère. Longue, rectiligne, solide. Tout l'intéressait. Les piles sombres recouvertes d'huîtres que venaient embrasser les vaguelettes du golfe. Les grappes de touristes nonchalants qui tiraient une valise ou un vélo pour se regrouper peu à peu jusqu'à former une masse colorée. Les enfants qu'on empêchait de courir. Les resquilleurs qui se faufilaient. Le bateau qui se profilait bientôt à l'horizon, fendant l'écume. Le vrombissement des moteurs qui s'intensifiait. Les délicates manœuvres d'accostage. Les passagers qui descendaient. Ceux qui, ensuite, les remplaçaient. Et le navire qui repartait d'où il était venu.

Lorsque la mer se retirait, des hors-bord, voiliers et embarcations de toutes sortes échouaient sur le rivage, certains, penchés sur le côté, menaçant de basculer. David rêvait de grimper sur le plus majestueux des navires. Rouge. Effilé. Gigantesque, avec son mât dressé. Accroché à la barre, il s'imaginait en train de profiter de la marée montante pour larguer les amarres, quitter le golfe et rejoindre l'océan, les voiles gonflées par le vent.

Après le repas, il descendait sur la plage pour fouiller le sable, à la recherche de coquillages. Leur diversité l'émerveillait. Leurs formes. Leurs tailles. Leurs couleurs. Il les triait, les étudiait, les comparait, enfouissait les plus beaux exemplaires dans les poches de son bermuda afin de les intégrer à sa collection naissante.

Parfois, un enfant se joignait à lui, le temps d'une cavalcade. Un éphémère camarade venu de nulle part. Un touriste. Un compagnon de jeu.

Mais lorsque Catherine l'appelait, il devait tout abandonner sur-le-champ. Elle ne supportait pas le moindre écart.

David s'active. La marée monte, menaçant d'emporter son château. Il faut consolider les tours, creuser un fossé, renforcer la structure à l'aide de tout ce qu'il trouve autour de lui.

C'est alors qu'une vague, plus forte que les précédentes, vient tout recouvrir. Les douves se remplissent. Les murs s'effondrent. Dès que les flots reculent, David en profite pour améliorer son ouvrage. L'eau ne passera pas. L'inondation est arrêtée. Il construit une solide digue de galets. Une belle muraille que la mer ne pourra pas détruire. Il élargit les fossés, les approfondit. L'eau lui arrive aux pieds, puis aux mollets.

Il ne voit pas le rouleau qui vient mourir dans son dos. Puissant. Irrésistible. Ses jambes sont fauchées. Il perd l'équilibre, tombe en arrière. Il commence à se relever quand une cascade s'abat sur lui. Cette fois, il ne peut plus se redresser. Le courant l'emporte. Il s'accroche au sable, sans succès. Ses ongles s'enfoncent. En vain. L'océan est trop fort. Il se débat, agite les bras, lutte contre les éléments. Ses pieds ne touchent plus le sol. L'eau pénètre dans son nez. Il tousse, crache, s'étouffe. Plus il remue, et plus le courant l'emporte. Sa gorge brûle. Ses yeux piquent. Il prend peur, panique. Incapable de crier. L'écume qui l'entoure l'empêche de voir la terre ferme. Il perd ses repères. Sa tête s'enfonce dans l'eau, sous une nouvelle vague. Le tourbillon le happe. La terreur l'envahit. Ses forces l'abandonnent. Ses poumons se remplissent.

Son genou heurte une pierre. Son coude aussi. La douleur remonte le long de son bras. Quelque chose l'agrippe. Une pince ? Un tentacule ? Une mâchoire ? Il pousse un cri.

Une force le tire en arrière, le soulève dans les airs. Une voix d'homme le rassure. C'est fini. Il ne craint plus rien. Il peut respirer, se calmer. Alors seulement, David se met à hurler.

L'inconnu le porte jusqu'à la plage, le dépose sur le sable, l'examine, le réconforte, devant une Catherine interloquée qui n'a rien entendu.

S'ensuit une longue discussion dont le sens lui échappe. Il est question de courants, de baïnes, de danger, d'irresponsabilité. Mais lui ne pense qu'à pleurer.

Ce jour-là, David a compris que sa mère ne l'aimait pas.

Jour J moins dix semaines

– Allo, papa ?

Une fois de plus, David ne parvient pas à reconnaître la voix qui résonne dans l'habitacle de la navette volante où il a pris place. Surgie de nulle part. S'agit-il de Fanny ou de Clara ? Laquelle des jumelles souhaite lui parler ? Rien ne permet de les distinguer à l'oreille.

Il a laissé Nour choisir les prénoms. Fanny, pour Fanny Mendelssohn, la sœur du grand compositeur. Clara, pour Clara Schumann, la femme du non moins célèbre musicien. Deux créatrices que la postérité a oubliées.

Physiquement, les fillettes cultivent leurs différences. Fanny se la joue garçon manqué, toujours prête à courir, sauter, grimper. Rien ne l'arrête. Clara se prend souvent pour une princesse, préférant les robes roses aux tenues passe-partout.

David hésite. Ses idées s'embrouillent. Le vertige, sûrement.

De l'autre côté de la paroi transparente, le ciel s'est assombri. Pour une fois qu'il emprunte les airs, il est gâté. La navette tangue sous l'effet de la tempête qui est en avance. Il aurait mieux fait de se contenter du plancher des vaches, comme d'habitude.

En bas, le paysage défile. Les habitations succèdent aux zones abandonnées. Les squelettes de béton se devinent à travers la végétation qui les recouvre. Un jour, ces horreurs auront disparu. Cela prendra du temps.

Çà et là, des parcs ont été aménagés. Des poumons verts destinés aux citadins. Les familles peuvent s'y promener en toute sécurité. Des lacs y ont été creusés pour la baignade.

Plus loin, la cathédrale pointe ses deux tours et sa flèche vers le ciel. L'antique édifice sert de repère aux navettes et de perchoir aux volatiles.

– Oui ma chérie.

– Tu as pensé au chien ?

Depuis peu, Clara réclame un compagnon à poils. Le genre de bestiole qui aboie pour un rien.

– À mon avis, ce n'est pas une bonne idée.

– Pourquoi ?

– Il faut bien réfléchir avant d'acheter un animal, car on le garde pendant des années. Ce n'est pas un jouet. Hugo ne te suffit pas ?

– Hugo sortira le chien. Il est d'accord.

À supposer qu'un robot puisse ne pas être d'accord avec un humain. Encore moins avec une fillette dont il est chargé de s'occuper.

– Et maman ?

– Elle m'a dit de voir avec toi.

Soudain, la navette fait une embardée. Une rafale plus forte que les autres l'a déstabilisée. David peste contre son manque de prévoyance. Au sol, il aurait perdu de précieuses minutes, mais gagné en sécurité.

– On en reparlera ce soir.

– Tu dis toujours ça et l'on n'en parle jamais. Tu n'as jamais le temps.

– On discutera tous ensemble avec maman et ta sœur
– Sans Hugo ?
– Hugo est un robot.
– Tu rentres quand ?
– Le plus tôt possible, après la réunion.
– Dépêche-toi.

Sa conversation terminée, David choisit de consulter les actualités pour chasser son angoisse. Des images de la tempête apparaissent sur les parois de la navette à la place de la ville. Les vents balaient tout sur leur passage. Des arbres ont été déracinés.

De son côté, la centrale à charbon n'a pas souffert de l'attentat. Les dégâts sont minimes. Seuls des locaux administratifs et des entrepôts ont été touchés par l'explosion. Contrairement à ce qui avait été annoncé, aucun corps n'a été retrouvé. Ce qui n'empêche pas les autorités d'accuser un groupe de supposés terroristes qui auraient réussi à s'infiltrer dans la ville.

De nouvelles mesures vont être mises en place. Les points de contrôle seront renforcés. Des troupes seront déployées. Un essaim de drones surveillera les campagnes.

Rassuré sur l'avenir radieux de l'humanité, David comprend qu'il vient d'arriver à destination. Les vitres redeviennent transparentes. Une voix suave l'invite à sortir sous un ciel sombre.

Le centre de la cité a conservé son cachet médiéval avec ses façades de pierre, ses venelles pavées et ses places fréquentées. Les verrues en béton ont été abattues, remplacées par des espaces verts où les passants peuvent se rafraîchir. Mais ce soir, les rues sont vides. Les cafés ont rentré leurs tables et les fontaines ne coulent plus. Le temps semble suspendu, alors que le vent emporte les détritus.

La réunion est organisée dans la cathédrale, transformée en centre culturel. Quand il arrive, un concert d'orgue bat son plein dans la nef déserte. L'air vibre.

Les vitraux poussiéreux laissent entrer des éclats de couleurs qui s'éparpillent sur le sol. Du mobilier s'entasse dans un coin. Des chaises. Des bancs.

À la croisée du transept, une scène est installée. Sur ces planches s'organisent souvent des spectacles, des pièces de théâtre, des ballets. Des films sont parfois projetés sur un écran, des images de jadis, des histoires d'amour, de l'aventure, des guerres, des enquêtes, du fantastique, de la romance, de l'horreur. Ce ciné-club remporte un franc succès. Le public apprécie ces moments privilégiés, hors du temps.

Ce sera bientôt au tour de Nour de se produire. Seule avec son piano et Chopin. Des mazurkas sont prévues. Et peut-être des nocturnes. Le programme n'est pas totalement arrêté. Elle doute, tergiverse, rectifie, et menace parfois de tout annuler.

Malgré son retard, David n'est pas pressé de se rendre à la réunion. Ce genre de messe l'épuise. Les interminables discussions l'insupportent. Que de minutes perdues sur des détails ! Que de joutes verbales inutiles ! Et les règlements de compte qui n'en finissent pas ! À croire que ses semblables n'ont rien de mieux à faire que de se chamailler pour des broutilles.

À l'origine, il s'était porté volontaire pour participer à la vie de la collectivité. Par naïveté. Le sujet l'intéresse. L'énergie. Les transports. Mais il s'est rapidement retrouvé dans un panier de crabes.

Il fait quelques pas dans la nef, toujours aussi impressionné par la taille du bâtiment. Sous ces voûtes se sont autrefois réfugiés des centaines d'indigents. Des familles entières que les événements avaient chassées de chez elles. Des trafiquants en tout genre. Des affamés. Des prostituées. Des va-nu-pieds. Des assassins. Des voleurs. Sur ces dalles, des hommes ont été égorgés. Des femmes se sont fait violer. Des enfants sont nés. Le sang a coulé. Des vieillards sont morts de froid.

– C'est magnifique. Devant un tel spectacle, on serait presque tenté de rétablir les cultes.

David se retourne sur celle qui vient de lui murmurer ces mots à l'oreille. Rebecca Latour, la vice-présidente de la commission.

– Les messes devaient avoir de l'allure, continue-t-elle, rêveuse.

Puis, dans un soupir, elle ajoute :

– Nous sommes en retard. On y va ?

Comme à chaque fois, David ne peut que constater son impuissance. Cette créature le paralyse, annihile sa volonté. En sa présence, il ne sait jamais comment réagir, partagé entre la méfiance et l'admiration. Elle porte un tailleur mauve qui épouse ses formes. Grande. Fine. Une élégance à toute épreuve. Tout, chez elle le subjugue. Les talons qui claquent sur le sol. Les hanches qui ondulent. Les jambes hâlées. La chevelure brune abondante.

Une poignée de secondes plus tard, les deux retardataires pénètrent dans le presbytère. À en croire les regards réprobateurs qui se braquent sur eux, la réunion a commencé.

Sur une estrade, le président de la commission des transports et de l'énergie, Emmanuel Ambroise, ne prend pas la peine d'interrompre son intervention. Imperturbable. Lorsque Rebecca Latour le rejoint, il ne peut s'empêcher de jeter un œil furtif sur la poitrine qui se pose à ses côtés. Un ange vient de passer.

Déstabilisé par son rôle de faire-valoir, David échoue sur la première chaise qu'il trouve, à l'extrémité de la troisième rangée, face aux intervenants. Une trentaine d'administrés se sont déplacés pour l'occasion. Un exploit, compte tenu des circonstances climatiques.

Emmanuel Ambroise est déjà entré dans le vif du sujet.

– Avec tous ces nouveaux arrivants, nous allons remettre le tramway en service. Nos capacités de production d'électricité ont atteint leurs limites. Et avec le tram, nous n'avons pas le choix. Il faut rouvrir la centrale.

– On pourrait aussi refouler les migrants, rétorque un moustachu. Nous sommes assez nombreux comme ça. Nous ne pouvons pas accueillir toute la misère du monde.

– Vous avez raison. Des quotas ont été instaurés. Ceux qui ne remplissent pas les critères seront renvoyés chez eux. Notre ville doit poursuivre son développement.

À cet instant, la vice-présidente croise les jambes. Une vague d'admiration traverse l'assemblée.

– Nous ne sommes plus en sécurité, affirme une petite femme à lunettes.

– Ne vous inquiétez pas. Faites-nous confiance. Des décisions ont été prises pour renforcer la sécurité. Les responsables de l'attaque de ce matin seront bientôt arrêtés et condamnés à des peines sévères.

– Vous les avez identifiés ? demande la femme.

– Pas encore, l'enquête suit son cours.

– On en a marre des discours, s'insurge un homme au

crâne lisse. On veut des actes.

– Les actes viendront en temps et en heure.

Emmanuel Ambroise garde son calme. Il se maîtrise. Ses éléments de langage sont bien rodés. Il connaît ses dossiers par cœur. Son éloquence peut convaincre les plus réticents.

En peu de temps, ce jeune ambitieux a su se rendre indispensable. Débarqué de nulle part, il s'est imposé rapidement. Désormais tout le monde l'admire. Ses arguments plaisent. Il a grimpé les échelons, passant du rôle de simple conseiller à celui de favori au poste de maire. Les élections approchent.

– Et la pollution ? demande une quadragénaire échevelée. Vous en faites quoi ? On ne doit pas jouer avec notre santé. Il faut se montrer intransigeant.

– Notre ville est un organisme vivant et un organisme qui ne se développe pas finit par mourir. Nous pouvons construire des murs pour nous protéger des autres. Nous pouvons refuser d'évoluer. Nous pouvons rester dans notre bulle, coupés du monde. Ce n'est pas mon idée du progrès. Le monde a changé. Il est trop tard pour le déplorer. Ceux qui ne sont pas capables de s'adapter n'auront pas de place dans le Nouveau Monde qui s'annonce.

Emmanuel Ambroise reprend son souffle avant de poursuivre.

– Le choix qui s'offre à nous est clair : soit nous évoluons, soit nous disparaissons. Je crois en notre communauté et en sa capacité à affronter l'avenir.

David décide alors d'intervenir. Selon lui, le tram, qui n'a pas fonctionné depuis plus de vingt ans, nécessite des travaux importants de réhabilitation dont le coût n'est pas négligeable. Il faut changer des rails, acheter de nouvelles rames, réparer la signalisation. La remise en service se fera progressivement. Quartier par quartier. Ce qui laisse du temps pour augmenter la production d'électricité. La réouverture de la centrale à charbon pourrait être évitée.

– Toutes les éoliennes ne tournent pas à plein régime, continue David. Ni les champs de panneaux solaires. Et nous pourrions utiliser les surplus pour produire l'hydrogène qui servira aux piles à combustible pendant les périodes creuses.

– L'heure n'est plus aux expérimentations.

– Votre centrale est obsolète et dangereuse.

– D'une part, ce n'est pas ma centrale. D'autre part, nous ferons appel aux meilleurs ingénieurs.

– Des quotas de techniciens ont été prévus ?

En guise de réponse, le politicien lâche un sourire avant de s'adresser à l'assemblée :

– D'autres questions ?

Sans surprise, Emmanuel Ambroise obtient gain de cause. Une forte majorité vote en faveur de sa proposition. David n'a pas fait le poids face à la détermination du président.

En dehors des jambes de Rebecca Latour, la suite de la réunion présente peu d'intérêt. Les échanges ne volent pas haut. David hésite à partir, mais se ravise. Il ne veut pas donner l'impression de battre en retraite. Alors il prend son mal en patience, étudie les affiches qui recouvrent les murs, observe ses voisins, croise le regard de la jeune femme, y surprend un début de connivence.

La réunion s'achève plus tard que prévu. À l'extérieur, le ciel est plombé. Les vents balaient la ville. Les membres de la commission s'éparpillent sur le parvis, pliés en deux par la force des éléments. Plaqué contre un pilier, David hésite à s'aventurer plus loin lorsque la vice-présidente vient le rejoindre.

— Je vous raccompagne ?

— Je vais prendre une navette.

— Avec la tempête, les transports sont arrêtés.

— Vous avez une combine pour vous déplacer ?

— J'ai beaucoup mieux.

À contrecœur, David accepte l'offre. La perspective de passer la nuit dans les environs ne l'emballe pas. Et l'idée de rentrer chez lui à pied ne l'inspire guère.

Le temps de répondre, la jeune femme s'est déjà engagée sur la place, face aux bourrasques. En quelques secondes, elle atteint l'entrée d'un parking souterrain, s'y engouffre, dévale les escaliers. Quand il la rattrape, David découvre une grille ouverte sur un espace lumineux. Des dizaines de navettes, alignées les unes à côté des autres, rechargent leur batterie dans l'attente de futurs passagers.

David n'est jamais descendu dans cet endroit. Il pensait jusqu'ici que la plupart des parcs de stationnement avaient été désaffectés. Certains ont été transformés en champignonnière. Pleurotes et shiitakés se vendent sur les marchés de la ville.

Au fond sont garés des véhicules d'un autre temps, aux couleurs vives et aux formes inhabituelles. Depuis l'interdiction des moteurs à explosion, ces engins sont devenus des témoins du passé.

— Tous ces bolides ont échappé à la destruction, explique la vice-présidente. Des passionnés les ont entretenus. On trouve encore des pièces détachées.

– Et pour l'essence ?
– Tout s'achète. Il suffit de contacter les bonnes personnes. J'espère que vous appréciez le rouge.

Jour J moins vingt ans

Galvanisé par l'énergie de ses vingt ans et par son rejet de la soumission, David n'avait pas l'intention de s'éterniser dans le centre commercial, sa nouvelle prison. Ni dans cette ville. Il voulait retourner dans le Sud. La relative douceur du climat lui manquait. Il continuait surtout à caresser l'espoir de retrouver la trace de Nour. Après toutes ces années d'attente. À supposer qu'elle soit encore vivante. Ou qu'elle ait tout simplement envie de le revoir.

Dès le premier jour, il avait troqué sa doudoune rose contre une parka verte qui lui convenait mieux.

Puis il s'était lancé dans une exploration des lieux, à la recherche du point faible qui allait lui permettre de s'échapper.

Le camp était entouré d'une double rangée de grillage coiffé d'une couronne de barbelés. Des militaires surveillaient le seul point de passage. Ils vérifiaient les identités, bloquaient les indésirables. Tous les véhicules qui entraient étaient contrôlés et ceux qui sortaient, systématiquement fouillés. Difficile donc de passer par là.

La galerie marchande offrait de nombreux recoins. Des couloirs menaient à des locaux abandonnés, remplis d'armoires électriques désossées ou d'appareils fracassés. Des immondices recouvraient le sol. Les rats pullulaient. Les rares portes qui conduisaient à l'extérieur avaient été condamnées à l'instar de la rampe d'accès du parking qui se terminait en cul-de-sac.

David avait l'impression de visiter les coursives d'un vaisseau échoué. Il se frayait un chemin entre les câbles, enjambait de mystérieuses tuyauteries, évitait les mares d'eau croupie, où pourrissait parfois la dépouille d'un chat.

La torche balayait les murs décrépis, rencontrait des obstacles, créait des ombres.

Par expérience, il savait qu'un passage avait été oublié quelque part. Un conduit d'aération qui menait à l'extérieur. Un égout qui rejoignait le réseau de la ville. Forcément. Il existait toujours une issue.

C'est ainsi qu'il croisa Angela. Dans un obscur sas. Entre deux portes coupe-feu. Une barre de fer à la main et une lampe frontale allumée, bien décidée à se défendre.

– N'avance pas.

David obtempéra.

– Il n'y a rien d'intéressant par ici, déclara l'exploratrice. Tout est bloqué.

– Comme ailleurs.

L'eau qui ruisselait des parois formait une flaque qui s'écoulait ensuite sous les portes.

– Ça pue, ajouta Angela.

Une odeur de pourriture saturait l'air.

– J'ai l'impression qu'on cherche la même chose, constata David.

– Possible.

– Je ne vais pas moisir ici.

– Moi non plus.

D'un commun accord, ils revinrent sur leurs pas, un grand hall qui devait jadis servir d'entrepôt, à en croire les palettes de bois qui s'y entassaient. Des camions y avaient déversé leurs cargaisons de fruits, de légumes et d'objets fabriqués à l'autre bout du monde.

Une lumière blafarde provenait d'étroits soupiraux grillagés. Un adulte ne pouvait pas s'y glisser.

– Tu as trouvé un passage ? demanda David.

– Aucun. On va devoir ruser.

– Tu as un plan ?

– Peut-être. Ceux qui bossent peuvent sortir du camp. Il suffit de présenter un sauf-conduit et le tour est joué. Il faudrait piquer un modèle.

David avait repéré le manège.

Chaque matin, des hommes se présentaient au point de passage pour s'éparpiller ensuite à l'extérieur. Chaque soir, ils revenaient, fourbus. L'administration encourageait les réfugiés à travailler en ville. La main-d'œuvre manquait. Des messages circulaient. La liberté par le travail. Une vieille rengaine à laquelle David ne croyait pas.

– On pourrait faire équipe sur ce coup-là, proposa-t-il.

En guise de réponse, Angela alluma une cigarette. La fumée l'aidait sûrement à réfléchir. Elle dévisagea son interlocuteur, passa une main dans ses cheveux en brosse et soupira :

– Un conseil. Ne te fais surtout pas d'illusions. Avec moi, tu n'as aucune chance. Je ne kiffe que les gonzesses.

Jour J moins dix semaines

David n'en mène pas large. Avec le temps, il avait oublié cette peur que peut éprouver un passager à bord d'un véhicule. Les navettes actuelles présentent l'avantage d'offrir une sécurité optimale. Vitesse contrôlée. Habitacle confortable. Chacun peut vaquer à ses occupations sans se soucier du monde extérieur : lire, écrire, consulter ses messages, visionner des films, dormir, ou faire l'amour. Les déplacements se font en douceur. Sans à-coups.

Rebecca Latour, en revanche, conduit comme une furie. Les mains sur le volant et les pieds sur les pédales. Le long des rues désertes, elle roule à fond. L'obscurité ne la dérange pas. Les phares balaient l'asphalte. Le vent ne la freine pas non plus. Une multitude d'objets traversent la chaussée comme autant de projectiles. Elle évite des branches, contourne un arbre déraciné.

Une pluie battante altère la visibilité déjà réduite par l'absence d'éclairage urbain. La nuit, les ténèbres règnent. Les lampadaires qui subsistaient des temps anciens ont été démontés depuis longtemps. Seules quelques veilleuses, disséminées çà et là, permettent de se repérer.

David se cramponne à ce qu'il peut. La portière. Le siège. Le tableau de bord. Il regrette sa décision. Dormir dans la crypte de la cathédrale, entre deux gisants, l'aurait moins effrayé.

Il ne reconnaît pas la ville. Sa ville. Tout va tellement

vite. À croire que la conductrice essaie de l'impressionner.

Il pense à sa mère. Catherine fonçait ainsi. Le pied au plancher et la main sur le levier de vitesse, faisant fi de la signalisation. Les feux rouges ne l'arrêtaient pas plus que les stops. Elle franchissait allègrement les lignes blanches, doublait dans les virages, frôlait les camions, se rabattait à la dernière seconde, pestait contre les vieux qui n'avançaient pas. La route lui appartenait. Elle se sentait invincible.

Sanglé sur son siège, à l'arrière, David se taisait. Son jeune âge ne l'empêchait pas d'avoir peur. Le paysage défilait à vive allure. Les arbres l'étourdissaient. Ballotté, secoué. Ses entrailles protestaient. Des sacs en plastique accueillaient son vomi.

– J'ai beaucoup apprécié votre intervention, commence Rebecca Latour en élevant la voix pour couvrir le bruit du moteur.

– Vous êtes bien la seule.

D'un coup de volant, le bolide vire sur la droite, contourne une poubelle, fait une embardée avant de reprendre une trajectoire rectiligne.

– Nous avons besoin de personnes comme vous. Des citoyens qui ne manquent pas d'idées. Emmanuel Ambroise sera bientôt maire, puis député. Un beau tremplin. Nous allons écrire une nouvelle page. Le monde change. Rien ne sera jamais plus comme avant. Il faut tirer les enseignements des erreurs passées. En nous rejoignant, vous pourrez accéder à de hautes fonctions. Une présidence de commission. Un poste d'adjoint. Pour commencer. Tout dépend de vous. Vous êtes quelqu'un de qualité. Vous n'allez pas cultiver des pastèques toute votre vie. Vous valez mieux que ça. Pensez à tout ce qu'on pourrait faire ensemble.

Dans un flash, David visualise parfaitement ce qu'ils

pourraient faire ensemble. Tous les deux. Sous d'autres cieux. Beaucoup plus cléments. Loin de toute tempête. Des images surgissent. Des fragments colorés qui forment une mosaïque. Une main qui glisse sous une jupe. Des lèvres qui s'entrouvrent. Une nuque offerte. Des cuisses écartées. Une poitrine gonflée. Des désirs qui montent. Un épiderme électrisé. Des parfums enivrants. Le souffle court. Le cœur qui palpite.

– De grands bouleversements se préparent, confie la conductrice.

– Quels genres de bouleversements ?

– Je ne peux rien vous dire pour l'instant. Réfléchissez à ma proposition. Si vous attendez trop longtemps, ce sera trop tard.

David soupire. Tous ces mystères le fatiguent.

– Vous aimez les surprises ? s'informe Rebecca Latour.

– Bonnes ou mauvaises ?

– Vous le saurez bientôt. Je crois que nous sommes arrivés.

Jour J moins trente ans

À quel moment avait-il fallu tout abandonner : la maison, le jardin, les jouets, la télé, les meubles, sa chambre, ses affaires ? Plus tard, la voiture. Et pourquoi ?

Sur le coup, David n'avait pas compris les explications de sa mère qui le prenait trop souvent pour un adulte. Elle employait des mots compliqués dont il ignorait le sens. Elle le secouait, l'obligeait à courir, s'agaçait, l'épuisait.

Il n'était pas capable de se souvenir d'une date. Des images de son dixième anniversaire lui revenaient pourtant. Un froid polaire que la cheminée ne parvenait pas à combattre régnait dans la demeure. Catherine avait posé une bougie sur le gâteau au yaourt qu'elle avait préparé. Un exploit pour cette adepte des plats surgelés.

Le cadeau ne payait pas de mine. À peine plus gros qu'une boîte d'allumettes. Enveloppé dans du papier alu. Ceint d'un ruban rouge. David avait arraché l'emballage pour en découvrir le contenu. Des jeux vidéo pour sa console.

Les événements s'étaient ensuite enchaînés. Le tourbillon les avait emportés, lui et sa mère. Sur les routes. Dans les gares. À travers champs. Jusqu'à cette plage où ils avaient fini par échouer, un masque blanc sur le nez. Au bord de cette mer qu'ils avaient essayé de traverser.

Les passeurs les avaient livrés aux autorités. Malgré la

somme versée.

Le périple s'achevait donc ainsi. Loin de chez eux.

Les premiers réfugiés s'étaient installés, à distance respectable, dans des abris de fortune fabriqués à partir de cartons, de palettes, de bâches et de tout ce qui pouvait être récupéré. La plupart se contentaient d'un simple trou qui les protégeait du vent. L'insécurité régnait. Les agressions étaient nombreuses. Tout le monde s'épiait. La population locale protestait.

Très vite, le centre de vacances voisin avait été réquisitionné. Un endroit idéal qui disposait de toutes les commodités : logements, sanitaires, réfectoire. Du provisoire qui était appelé à durer.

Catherine se démena pour obtenir un bungalow. Pas question pour elle de dormir sous une tente. Mais celui que les autorités lui assignèrent ne correspondait pas à son rang. Trop petit. Trop proche des voisins. Elle dut pourtant s'en contenter.

La majorité des enfants passaient leurs journées à la piscine, sautant dans l'eau, glissant le long du toboggan, s'élançant du plongeoir. Jamais David n'avait vu autant de ses semblables réunis en un seul endroit ni entendu autant de cris. Il commença par longer le bassin en essayant d'éviter les éclaboussures. Depuis l'épisode de la baïne qui avait failli le noyer, l'élément liquide le terrorisait. Il n'y avait jamais remis les pieds.

Un gamin le bouscula. Un ballon le frôla. Toute cette agitation l'effrayait. Lui qui vivait dans le calme, sa mère ne supportant aucun bruit. Il recula d'un pas. Tout là-haut, en plein soleil, une fillette en maillot de bain blanc se tenait sur le dernier tremplin, à une hauteur phénoménale. Immobile.

Les bras collés le long du corps. Un bonnet rouge cachait ses cheveux. Elle semblait hésiter. Derrière elle, des garçons la pressaient de sauter, impétueux, moqueurs, trop sûrs d'eux. Mais la fillette les ignorait. Concentrée. Le regard fixé sur l'horizon. Le temps s'était figé. Là. Sur ce plongeoir.

Doucement, elle écarta les bras pour les tendre devant elle. Les mains se joignirent, se dressèrent vers le ciel. La silhouette avança au bout de la planche. Frêle. Telle une brindille.

Elle fit un geste à peine perceptible. Peut-être plia-t-elle les jambes. Peut-être retint-elle son souffle. Peut-être pencha-t-elle la tête en avant. Toujours est-il qu'elle décolla, s'envola. Un instant, elle resta immobile. Suspendue au-dessus du vide. Alors, son corps bascula, fendit l'air. Elle entama la descente. Lentement, puis de plus en plus vite, à mesure que les fractions de seconde s'égrenaient. Une trajectoire parfaite. Une zébrure dans le ciel. Bientôt, les ongles déchirèrent la surface bleue, dans une gerbe d'écume. Ce furent ensuite aux bras de disparaître. À la tête. Au buste. Aux jambes. Aux pieds. De la plongeuse, il ne resta rien. L'eau avait tout avalé. Seules quelques vaguelettes témoignaient de l'événement. Déjà, un nouveau voltigeur se préparait.

David s'approcha du bord. La fillette venait de réapparaître. Elle glissa vers l'échelle qu'elle agrippa d'une main avant de l'escalader.

Le garçon était subjugué. Jamais encore, il n'avait assisté à un tel spectacle. Il imaginait les sensations de la naïade. L'air sur la peau. Le vide. À ce moment, il aurait voulu grimper sur cette planche pour sauter à son tour. Mais, en même temps, sa peur de l'eau le paralysait. Il se sentait ridicule. Cette contradiction le troublait.

Lorsque la demoiselle se planta devant lui, David réprima une envie de fuir. Une attitude fréquente. Quand il ne savait pas comment se comporter. Quand il ignorait les règles. Quand ses jambes tremblaient. Surtout face aux filles. Ces étranges créatures dont il ne comprenait pas le fonctionnement.

– Tu es nouveau.

Il acquiesça.

– Et tu as peur de l'eau.

Incapable d'avouer sa terreur, il préféra se taire. Des sentiments inconnus l'envahirent. D'habitude, dans une telle situation, il réclamait de l'aide. Sa nounou venait alors le rassurer par des paroles ou des caresses. Mais la nounou était morte. Et il devait dorénavant régler ses problèmes tout seul. Comme un grand.

– Je peux t'apprendre à nager, si tu veux.

Son interlocutrice claquait des dents, frémissant sous les effets de la chair de poule. Elle croisa les bras pour se réchauffer, intriguée.

– Je m'appelle Nour, et toi ?

Jour J moins dix semaines

En trente ans, David n'a jamais trompé Nour. Cette idée l'a rarement effleuré. Même pendant leur trop longue séparation. Pourtant, aujourd'hui, il se sent défaillir. Juste devant chez lui. À quelques mètres de sa famille. Alors que la tempête fait rage à l'extérieur.

Rebecca Latour n'a pas abandonné son sourire. Trop sûre d'elle, de son pouvoir d'attraction, de ses arguments.

Ses doigts malaxent le pommeau du levier de vitesse. Des doigts manucurés, aux ongles vernis de rouge. Comme un appel à griffer.

Ses yeux le fixent. Bruns avec un léger reflet vert, qu'il devine dans la pénombre. Interrogatifs avec un zeste d'innocence.

Ses cils battent. Noirs. Longs. Parfaits.

Sa poitrine se soulève.

Ses jambes s'écartent légèrement.

Dehors, les rafales ont redoublé de force. David parvient pourtant à reconnaître les lieux à travers les vitres. L'immeuble. L'allée. La porte. Il va maintenant devoir affronter les éléments.

– Alors ? demande la conductrice. Vous êtes partant ?

C'est alors qu'un pot de fleurs vient s'abattre sur le capot dans un fracas de tonnerre.

– Merde !

La tôle n'a pas résisté au choc. La plante, en revanche, a bien supporté la chute.

– Merci pour le déplacement, déclare David en ouvrant la portière, laissant entrer un tourbillon à l'intérieur de l'habitacle.

– Réfléchissez à ma proposition. Quoi qu'il arrive, vous serez toujours le bienvenu.

Jour J moins trente ans

– Encore une marche ?

David grelottait. Autour de lui, les enfants batifolaient. Le camp était devenu un immense terrain de jeux. La piscine ne désemplissait pas, du matin au soir.

Les adultes avaient déserté ses abords. Seule subsistait leur progéniture qui profitait de ces vacances prolongées. Ici, les règles avaient disparu. L'insouciance régnait. Loin du fracas du monde.

David serra la main de Nour.

– Tu crains rien, le rassura cette dernière.

Il descendit les marches une par une. L'eau lui arrivait désormais à la taille. À l'autre extrémité du bassin, un plongeur se jetait dans le vide.

– Tu vois, ce n'est pas très compliqué.

Depuis leur rencontre, David avait changé. Il s'était habitué à sa présence et à celle de ses congénères. Jusqu'ici, il avait toujours vécu isolé, craignant les inconnus. Avec Nour, tout semblait possible. Les rires. Les cris. Les jeux. La complicité. La confiance.

– Maintenant, je vais t'apprendre à mettre la tête sous l'eau.

Elle lui expliqua sa technique. Comment elle retenait sa respiration. Comment elle s'accroupissait. Comment elle soufflait par le nez pour empêcher le liquide d'y pénétrer.

La première tentative s'acheva par une belle panique. Il avait confondu expiration avec inspiration. L'eau lui était entrée par les narines, les sinus, la gorge, les yeux. Tout brûlait. La quinte de toux qui suivit faillit lui arracher les poumons.
– T'inquiète pas. Ça va passer.

Nour avait raison. En peu de temps, la phobie de David s'estompa. Certes, il ne se risquait pas à plonger. Pas plus qu'il ne se laissait glisser le long du toboggan. Mais il pouvait rester toute la journée dans le bassin comme les autres. Ce qui n'était pas négligeable.

Plusieurs heures par jour, Nour l'abandonnait pour jouer du piano. Depuis l'âge de quatre ans, elle répétait. Rien ne pouvait l'en empêcher. Faute de véritable instrument, elle utilisait un vieux clavier électronique aux touches fatiguées qui produisaient un son imparfait.

Plus tard, devenue adulte, elle s'interrogea sur l'origine de cette passion qui lui permettait d'échapper à l'emprise de parents trop exigeants. En tant que professeur de math, Thomas, son père, ne tolérait pas le moindre écart. Alors que Sonia, sa mère, prof de littérature, se montrait intraitable sur la langue. Aucun des deux ne connaissait la musique, ce domaine de prédilection que Nour avait choisi, bien avant de savoir compter ou lire.

Du haut de ses dix ans, David ne comprenait pas cet engouement. Pour lui, la musique se résumait aux chansons qu'il avait jadis entendues. Et l'idée de taper sur un clavier, à longueur de journée, le dépassait.

Pendant que Nour travaillait ses morceaux, David rentrait chez lui pour se jeter sur sa console de jeux vidéo, le seul bien qu'il avait réussi à préserver de la catastrophe. Il pouvait rester des heures devant l'écran, oubliant le monde extérieur, perdant la notion du temps, massacrant des monstres, progressant d'un niveau à l'autre, explorant de nouveaux univers, bâtissant des villes, des empires. Plus rien ne comptait. Pas même sa mère qui semblait trop préoccupée pour le remarquer.

Puis il sortait du bungalow, groggy. L'esprit vide. Les yeux irrités. Il errait dans le centre, à la recherche d'une occupation. L'ennui le rongeait. La solitude le minait. C'est ainsi qu'il rejoignit la tribu des plongeurs.

Au sein du camp, deux bandes rivales s'étaient constituées. D'un côté, les surfeurs occupaient la plage, toujours prêts à bondir sur une planche ou sur un catamaran pour glisser sur les flots. La mer les passionnait. Ils pouvaient attendre la bonne vague pendant des heures. Fiers, ils avaient pris l'habitude de se pavaner, leur attirail sous le bras.

Les plongeurs, quant à eux, s'étaient approprié la piscine. La vue d'un surf les hérissait. Et tous ces lascars qui barbotaient dans l'eau sans rien faire d'autre que d'espérer une hypothétique lame de fond les amusaient. Le téméraire qui se risquait dans leur périmètre subissait les railleries du groupe. Rien ne lui était épargné.

La situation se détériora lorsque des surfeurs furent surpris en train d'uriner dans le bassin. La réponse ne se fit pas attendre. Deux jours plus tard, des excréments furent retrouvés sur les catamarans. La guerre était déclarée. Chaque clan fourbissait son armement pour l'assaut final.

Pour l'occasion, David s'était confectionné un lance-pierre. Une belle arme qui pouvait propulser des projectiles sur une grande distance. Pendant plusieurs après-midis, il s'entraîna à dégommer des boîtes de conserve comme il l'avait vu faire dans les films. Aux protestations de Nour, il répondait par l'indifférence, bien décidé à jouer les durs.

Pour une fois qu'un groupe l'acceptait en son sein, il n'allait pas renoncer à combattre. De toute façon, les filles ne pouvaient pas comprendre la situation.

 Le jour J, à l'heure H, les plongeurs attaquèrent la plage selon un plan minutieusement préparé. Bientôt, les pierres fusèrent. Les flèches fendirent les airs. Chacun savait ce qu'il avait à faire. Lutter jusqu'au bout. Vaincre l'ennemi. Remporter la victoire. Mais les surfeurs résistaient, à l'abri des catamarans. David avait déjà épuisé sa réserve de munitions. Aucun de ses tirs n'avait touché sa cible. Protégé par un buisson desséché, il ne vit pas arriver la contre-attaque. Dans une ultime tentative, il voulut se redresser pour battre en retraite. Trop tard. Une horde d'ennemis assoiffés de sang déferlait sur lui.

Jour J moins vingt ans

Depuis son arrivée au centre, Angela avait montré qu'elle savait se défendre. Avec les poings. Ou avec son couteau.

Une femme seule ne pouvait pas résister longtemps dans un camp. Il y avait toujours un frustré pour tenter sa chance, au mieux, ou pour l'agresser, au pire. Rares étaient celles qui évitaient le viol ou l'esclavage.

Mais Angela avait trouvé la solution. Attaquer.

Le premier homme du centre qui l'approcha en fut pour ses frais. Une lame sur la gorge lui coupa toute envie. Il n'avait rien vu venir. En une fraction de seconde, il s'était retrouvé par terre.

David comprit alors qu'il avait de la chance. La jeune femme ne l'avait pas encore égorgé. Peut-être avait-elle décelé en lui l'être charmant qu'il aurait pu être en d'autres circonstances. Elle lui faisait confiance.

Le soir même, la guerrière s'installait chez lui, par peur des représailles. Ses affaires prenaient peu de place : un matelas en mousse, un duvet, le sac à dos réglementaire. Elle refusait de s'encombrer d'objets inutiles, et pouvait ainsi s'enfuir à la première occasion.

L'aménagement de l'alcôve restait sommaire. Des planches posées sur des parpaings pour servir de table. Une étagère rouillée pour entreposer la nourriture. Sans oublier les bancs bricolés à partir de caisses en bois.

De l'autre côté d'une fine cloison vivait une famille à l'origine mystérieuse. Un couple. Trois enfants. Et beaucoup de bruit. Incapable de comprendre leur langue, David devait se contenter de subir. Les rares tentatives de communication s'étaient soldées par un échec. L'homme l'avait menacé avec son arme.

La vie du camp répondait à des rituels précis. Distribution de vivres tous les matins. Douche glacée, une fois par semaine. Vaisselle dans les sanitaires, après chaque repas. Couvre-feu à vingt heures. Réveil. Le reste du temps, les réfugiés erraient dans les couloirs. Certains se regroupaient pour jouer aux cartes. D'autres picolaient. Parfois, une bagarre éclatait. Le sang coulait. Les gardiens n'intervenaient pas.

Chacun se débrouillait pour survivre. La loi du plus fort régnait. Ou du plus malin. Quand Angela lui montra le saufconduit qu'elle avait réussi à subtiliser, David siffla d'admiration. Le précieux sésame qui pouvait leur ouvrir les portes de leur prison était falsifiable. Avec un bémol cependant. Seule Angela pouvait l'utiliser, son ancienne propriétaire étant de sexe féminin.

Puis elle sortit une bouteille de tord-boyaux de son sac. Un liquide infect qui brûlait la gorge.

– Ça décape la tuyauterie, commenta David, les larmes aux yeux.

– C'est pas de la gnôle de gonzesse.

Assise sur son banc, Angela contemplait son nouveau logement.

– Quel luxe !

Son regard balaya la peinture écaillée des murs pour

s'arrêter sur les restes du faux plafond qui pendouillait.

– Ma mère vendait de la lingerie dans une boutique semblable, se confia-t-elle. J'ai grandi dans le satin et la dentelle. C'était doux. Elle aimait les belles choses, le parfum, les bijoux, les fringues. Un jour, elle s'est fait flinguer par des extrémistes en défendant sa camelote. Crever pour des petites culottes. C'est assez ridicule, non ?

David n'avait jamais envisagé la mort sous cet angle. Ceux qu'il avait vus mourir ne lui avaient pas paru ridicules. Pathétiques, parfois, mais jamais ridicules.

– Et ton père ? demanda-t-il, poussé par la curiosité.

– Mon père était syndicaliste dans son usine. Il prenait son rôle à cœur. Avec sa grande gueule, personne n'osait l'affronter. Il fichait la trouille aux patrons. Un matin, des flics en cagoule ont débarqué chez nous, armés jusqu'aux dents, pour l'arrêter sous un prétexte bidon. Il est mort pendant sa garde à vue, officiellement d'une rupture d'anévrisme. Ils l'ont incinéré dans la foulée. Ni vu ni connu.

David profita du silence qui suivit pour remplir à nouveau les verres.

– Et toi ? s'enquit Angela.

– Je n'ai pas eu de père.

– Ta mère ne t'en a jamais parlé ?

– C'était tabou.

– On est presque pareils alors.

– Oui, presque.

Jour J moins trente ans

Pour quelle raison le jeune David s'était-il rendu chez son amie Nour après la bataille de la plage au lieu de chercher du réconfort auprès de Catherine, sa mère ? Son arcade sourcilière droite saignait. Ses adversaires ne l'avaient pas raté. Une minuscule pierre avait mis un terme à sa combativité.

La vue brouillée par le sang et les pleurs, il était allé au plus simple. Sonia, la mère de Nour, s'était empressée de désinfecter la blessure. Les paroles apaisantes de celle-ci l'avaient réconforté. Son œil n'était pas crevé. Il n'était pas défiguré. Il n'avait pas non plus perdu des litres d'hémoglobine. Il s'était comporté comme un imbécile, la violence ne pouvant mener à rien de bon.

C'est alors qu'il avait entendu les premiers accords d'une mélodie. Une musique surgie du passé. Et même s'il ne se souvenait pas des circonstances, il reconnaissait parfaitement le morceau qui était resté gravé dans sa mémoire. Une mazurka de Chopin, lui annonça son infirmière. David ne connaissait ni la mazurka ni Chopin.

Pour la première fois, il entendait Nour jouer. La magie opérait. Les notes s'élevaient, s'envolaient, flottaient dans l'air. Sans en comprendre la raison, David se mit alors à pleurer. Les larmes inondèrent son visage. Une émotion intense le traversait. Un mélange de tristesse et de joie. Inédit.

À la suite de cet événement, David s'installa chez Nour, partageant son temps, ses repas et même son lit.

Vivre au sein d'un foyer normal le rassurait, ne serait-ce que quelques jours. Les habitudes. Les rituels. Les discussions. Les échanges. Les disputes. La complicité. Les taquineries. Les jeux. Le respect. Tout lui plaisait. Il se sentait bien, tout simplement. Que demander de plus ?

Une famille.

Une maison confortable, où rien ne traînait.

Une mère, Sonia. Gentille. Toujours bien habillée. Elle portait des robes à fleurs, des bracelets qui cliquetaient, des colliers à grosses perles. Toujours de bonne humeur. Sa joie n'avait pas de limites. Serviable. Elle passait ses journées à ranger, à nettoyer, à cuisiner. Jamais David n'avait mangé des gâteaux aussi délicieux.

Un père, Thomas, qui organisait, anticipait, gérait, réglementait, décidait. Un chef de clan. Souvent intransigeant, mais toujours juste. Il écoutait, pesait le pour et le contre, tranchait, tout en sachant plaisanter lorsque l'occasion se présentait. Ses blagues réjouissaient tout le monde.

Et Nour, la sœur ou l'amie. David ne parvenait pas à choisir, n'ayant jamais côtoyé ni l'une ni l'autre. À son contact, il se sentait revivre. Et dès qu'elle s'éloignait, il avait l'impression de perdre une partie de lui-même. Une sensation curieuse qui l'intriguait. Il voulait tout savoir d'elle, tout connaître. Le soir, une fois les lumières éteintes, il l'interrogeait. Tout l'intéressait : son histoire, ses projets, ses rêves.

Nour voulait devenir concertiste. Elle avait commencé à pratiquer le piano au conservatoire de sa ville natale, sur des instruments fatigués qui avaient vu des générations d'élèves se succéder. Ces années d'apprentissage lui avaient beaucoup appris. La rigueur. Le travail. Le découragement. La joie. Le plaisir de jouer, de progresser, de partager.

Elle rêvait à cette profonde émotion qu'elle avait ressentie une fois, lors d'un concert. À cette salle bondée. À la scène qu'elle aurait tant aimé fouler. À cet orchestre merveilleux. À cette robe magnifique que portait la pianiste. À ce silence qui précède le récital. Aux applaudissements qui le clôturent. À la musique. Au partage. À la magie.

David, quant à lui, ne rêvait pas à grand-chose. Il n'avait jamais montré de compétence particulière pour quoi que ce soit. Personne ne l'avait d'ailleurs encouragé à cultiver un quelconque centre d'intérêt. Par rapport à Nour, il se sentait amputé. Quelque chose lui manquait. Rien de physique. C'était plus profond. Difficile à définir.

Les journées se terminaient autour d'un jeu de société éclairé par des bougies. Chacun lançait son dé, avançait son pion ou répondait à des questions. David peinait à cacher son absence de culture générale. Incapable de répondre à la plupart des énigmes, il préférait les jeux de hasard ou de stratégie qui lui offraient une chance de gagner.

Ce soir-là, il s'apprêtait à retourner une carte décisive lorsque sa mère vint le chercher. Elle voulait lui parler. C'était important. David suivit Catherine à l'extérieur, jusqu'à ce banc qu'il ne devait pas oublier. Elle commença par caresser son arcade sourcilière du bout des doigts. La croûte avait cédé la place à une jolie cicatrice rose. Puis elle lui passa une main dans ses cheveux ébouriffés. Un geste inhabituel qui n'annonçait rien de bon.

Un vent tiède soufflait. Une lumière rouge allongeait les ombres. Les jours raccourcissaient. David ramassa une pomme de pin et se lança dans son étude approfondie. Il nota la forme, la matière qui la constituait, les écailles, la couleur. Il avait déjà eu l'occasion de remarquer leur particularité : elles se fermaient et s'ouvraient en fonction de la météo. Il savait aussi que les pommes de pin brûlent très bien, pour en avoir fait l'expérience la semaine précédente.

Dès les premiers mots, David sut que sa mère avait préparé son laïus. Elle avait choisi ses arguments, les avait ordonnés afin de bâtir un raisonnement logique.

– Tu es un grand garçon maintenant.

Cela commençait mal. Très très mal. Et la suite ne valait pas mieux.

– Tu peux comprendre la situation.

Catherine ne pouvait pas rester ainsi sans rien faire. Elle perdait son temps. Alors qu'ailleurs la lutte se poursuivait. Elle souhaitait se battre contre ceux qui leur avaient tout pris avant de les enfermer dans ce camp. Des scélérats qui ne méritaient pas de vivre. Des lâches. Des traîtres. Des moins que rien qui avaient trompé la population. Elle avait trouvé un moyen de partir, de traverser la mer. Mais elle ne pouvait pas l'emmener. Le voyage était long et trop dangereux pour un enfant. Elle avait donc demandé à Sonia et Thomas, les parents de Nour, de s'occuper de lui jusqu'à son retour. Elle leur avait donné de l'argent et promit d'en envoyer davantage dès qu'elle le pourrait. Là où elle allait, les richesses ne manquaient pas. Elle connaissait des gens fortunés qui pourraient les aider.

Après avoir lancé sa pomme de pin contre un arbre, David se leva.

– Tu seras bien ici, avait-elle conclu.

Jour J moins dix semaines

La météo avait annoncé des rafales de cent cinquante kilomètres à l'heure. Une paille. Elle ne s'est pas trompée.

Courbé en deux, David parcourt la distance qui le sépare de la porte d'entrée. Des gerbes d'eau s'abattent sur ses épaules. Quelle idée de sortir par un temps pareil !

Un objet le frôle. Sûrement une tuile. Toutes les toitures ne sont pas aux normes. Malgré les tempêtes à répétition.

Il trébuche sur quelque chose, manque de tomber, se rétablit de justesse. S'agit-il d'une branche, d'un vélo, d'une statue ou d'un nain de jardin ?

Il pousse la porte.

Une lumière vive l'accueille.

Il reconnaît la voix de ses filles. Pour rien au monde, il ne raterait ce moment. Quand il rentre chez lui. Quand elles se précipitent dans ses bras en riant. Quand il les embrasse.

Ce soir, tout est différent.

Elles se jettent bien sur lui comme d'habitude, mais les mots ont changé :

– Ta maman est là.

La colère

Jour J moins dix semaines

Ce matin, Hijra est heureuse. Hijra est amoureuse.

Elle a rencontré quelqu'un. Une femme. Un être exceptionnel. Qui ne manque pas de caractère. Une nomade.

– Elle a beaucoup voyagé.

– Elle fait du tourisme ? demande Omar. Cela devient rare à notre époque.

– Elle a déjà vécu dans le coin il y a une vingtaine d'années.

– C'est un pèlerinage alors.

– Plutôt une mission.

– Quel genre de mission ?

– Elle n'a rien dit. C'est top secret.

Hijra ne cache pas sa joie. Elle est radieuse.

– Ne t'emballe pas, lui conseille David. Je n'ai pas envie de te ramasser à la petite cuillère comme les autres fois.

– C'est sérieux. Et tu verrais ses yeux.

– Elle en a trois ?

– Ils lancent des éclairs. C'est une tueuse.

La tempête a fait moins de dégâts que prévu. Il a suffi d'une journée pour en effacer les traces. Les travaux d'entretien ont pu reprendre.

Aujourd'hui, Hijra s'est habillée en bohémienne. Un hommage à sa copine nomade. Mais une tenue inadaptée au jardinage. Sa longue jupe entrave ses mouvements. Pour s'accroupir, elle doit resserrer l'étoffe devant elle, afin de ne pas la souiller.

– Tu nous la présenteras, tente Omar.

– Elle est timide.

– Moi aussi je suis timide. Cela ne m'empêche pas de te parler.

Elle se redresse en se frottant les mains.

– Notre différence d'âge la perturbe un peu.

– C'est une gamine ?

– C'est plutôt moi la gamine.

– Tu es devenue gérontophile ?

Elle s'empare d'une pastèque récemment cueillie.

– Salaud !

Dans un réflexe de survie, David se baisse à temps pour éviter le fruit qui atterrit dans les mains d'Omar après avoir dessiné une parabole dans l'espace.

– Je te déteste, lance Hijra d'une voix grave.

Habitué à de telles joutes, David profite de ce moment de détente pour se rafraîchir. L'eau de la gourde est tiède. Il la verse alors sur son crâne en grimaçant. Du regard, il cherche ensuite un robinet.

– Et où as-tu rencontré cette perle rare ? demande-t-il.

– Dans une soirée.

– Malfamée, j'espère ?

– Pourquoi ? Ça te tente ? On y croise des personnes très intéressantes. Tu devrais y aller. Ça te décoincerait.

– Tu me trouves coincé ?

– Si peu.

Une idée traverse alors l'esprit engourdi de David. Un flash. Un fantasme. Inviter Rebecca Latour à prendre un verre dans un bar afin d'étudier sa proposition. Choisir un endroit discret. Trinquer à leur avenir.

– Et ta mère ? s'informe Omar.

– Elle s'incruste.

Sur le coup, David n'y avait pas cru. Cette créature qui se tenait dans le salon ne pouvait pas être Catherine. C'était impossible. Pas assez blonde. Trop grande. Pas assez mince. Et surtout, trop jeune.

– Tu l'as trop idéalisée, avait supposé Nour, plus tard.

– Idéaliser une femme qui m'a abandonné ?

– Tu avais dix ans.

Comment peut-on abandonner un enfant ? Pendant des années, David s'était posé la question. Puis il y avait renoncé à trouver une réponse, à mesure que le temps passait. Il avait fini par tirer un trait sur son passé, bien décidé à vivre dans le présent.

Mais maintenant, face à cette femme, tout lui était revenu en vrac. La peur. Le dégoût. Le chagrin. La colère. La haine.

– Qui que vous soyez, je vous conseille de quitter cette maison, avait-il lancé à l'inconnue avant de filer dans la chambre pour se changer. Ses vêtements étaient trempés. Les bourrasques secouaient les volets clos.

Cette étrangère ne pouvait pas être cette mère qu'il avait tant espérée. Elle ne pouvait pas revenir maintenant. Alors que tout allait bien. Il avait trouvé un équilibre. Sa famille le comblait. Chaque jour, ses filles le surprenaient. Elles grandissaient tellement vite. Des merveilles. Elles en savaient déjà plus que lui.

À son retour dans le salon, l'inconnue n'était pas partie, à cause de la tempête. Elle était assise sur le canapé, encadrée par les jumelles. Ce tableau l'avait troublé.

– Tu ne peux pas la chasser comme ça, avait expliqué Clara.

– Elle peut dormir ici, avait ajouté Fanny.

– C'est trop dangereux dehors.

– C'est notre grand-mère.

D'ordinaire, David ne peut rien refuser aux petites. Elles savent s'y prendre pour lui demander n'importe quoi, dans les limites du possible.

Il avait croisé le regard de Nour avant de céder.

– D'accord pour cette nuit. Vous dormirez dans la chambre d'amis. Mais il faudra partir demain.

Catherine avait esquissé un sourire reconnaissant avant d'embrasser les fillettes. Elle venait de remporter sa première victoire. Son opération de charme avait fonctionné.

Pendant la soirée, David était resté à l'écart, observant sa prétendue mère. Les enfants ne la quittaient pas. On ne vous sort pas une aïeule du placard tous les jours. Catherine avait tenu son rôle à merveille. Cajolant les jumelles. Félicitant Nour. S'émerveillant de la déco. Distribuant des cadeaux. S'émouvant d'un rien. En se montrant évasive sur les raisons de son retour.

David n'avait pas desserré les mâchoires. Tout ce cirque ne collait vraiment pas à ses souvenirs. Sa mère n'avait pas

pu ramollir à ce point.
Le lendemain, elle n'était pas partie.

Jour J moins vingt ans

Grâce à ses papiers, Angela pouvait sortir du camp quand elle le souhaitait, autrement dit, tous les jours, ce qui ne l'empêchait pas de revenir chaque soir.

Au début, David s'étonna de ces retours.

– J'avais cru comprendre que tu voulais te tirer.

– Dès que j'aurai assez de fric, je mettrai les voiles. Pour l'instant, j'amasse, j'accumule, j'épargne.

Il s'inquiétait pour son propre sauf-conduit.

– Il faut que je trouve le bon pigeon, le rassurait Angela.

Les candidats ne manquaient pourtant pas. Chaque matin, de nouveaux bus déversaient leur cargaison de malheureux. Et très peu s'en allaient. À tel point que le camp saturait. Les conditions se dégradaient.

Angela profitait de la situation pour écouler des marchandises qu'elle récupérait à l'extérieur. Les réfugiés manquaient de tout. Un soir, elle revint avec un stock de papier toilette qu'elle avait transporté dans un sac de voyage. Le lendemain, ce furent des crayons de couleur, des rames de papier et des albums à colorier. Les enfants se jetèrent sur elle pendant que les parents comptaient des pièces de monnaie qu'elle refusa.

D'autres trafics rapportaient davantage : les cigarettes, l'alcool, sans oublier la dope. Des produits recherchés dont le tarif se fixait à la tête du client. En échange d'un bakchich, les gardes relâchaient leur vigilance. N'importe quel produit pouvait ainsi entrer dans le centre.

David rongeait son frein. Son envie de partir restait tenace. Il avait depuis longtemps compris que le provisoire pouvait s'éterniser lorsque la routine s'installait, que les liens se tissaient.

Par principe, il évitait ses semblables. Il se méfiait des autres et des conséquences qu'une relation pouvait engendrer. Des querelles éclataient. Des rancunes se développaient. Des amis se trahissaient. On ne comptait plus les cadavres mutilés, retrouvés dans un recoin.

David cherchait une occupation. Il avait souvent constaté qu'un individu affairé résistait plus facilement à la morosité. Quant au physique, mieux valait l'entretenir. Un esprit sain dans un corps sain. Une solution pour ne pas sombrer.

Dans un précédent camp, il avait testé la course à pied, s'évertuant, chaque jour, à s'entraîner plus longtemps que la veille. Quelle que soit la météo. Allonger la distance. Repousser les limites. Cette discipline lui avait permis de se maintenir en forme.

Mais cette fois, le centre commercial n'offrait pas assez d'espace pour courir. Il y avait bien la terrasse, jadis occupée par un parking. Une surface trop restreinte pour se défouler. À moins d'aimer tourner en rond comme un poisson rouge dans son bocal.

À force de fouiner, il en avait trouvé l'accès. Une porte condamnée qu'il avait réussi à forcer. Derrière se cachaient un couloir, un escalier, et une seconde porte, cette fois, ouverte sur l'extérieur.

David rejoignait souvent ce refuge que personne d'autre ne connaissait. Juché sur un muret, il sondait cette ville mystérieuse qui s'étendait de tous côtés avec ses rues, ses habitations, ses tours, ses ruines, ses parcs, ses clochers, sa cathédrale. Une cité qui avait traversé les âges.

Une mer de bitume entourait le camp. Sombre. Glaciale. Des carcasses tordues échouées. Des véhicules calcinés. Des bâtiments éventrés. Le plus proche montrait des traces d'incendie. Des tôles noircies le recouvraient. Les restes d'une enseigne menaçaient de se détacher au moindre coup de vent. Autant de vestiges d'un monde disparu.

Seul un platane avait réussi à survivre à cette désolation ambiante. Rachitique. Comme une provocation. Un pauvre arbre au tronc blessé, rongé par les intempéries. Un début d'espoir.

David profitait de ces moments de tranquillité pour respirer. Malgré le froid. Malgré les corbeaux qui le survolaient. Coupé du monde, il laissait ses pensées vagabonder.

L'idée lui vint ainsi. À la fin de l'hiver. Un souffle tiède lui réchauffait la nuque. Des bacs avaient été autrefois disposés sur la terrasse pour apporter un semblant de verdure à cet espace bétonné. Avec le temps, les mauvaises herbes s'étaient imposées, débordant de toutes parts pour se répandre sur le sol.

Le soir même, il sonda sa coloc.

– Tu peux me trouver des graines ?

Jour J moins trente ans

Du haut de ses dix ans, David faisait confiance aux adultes. Catherine allait revenir rapidement comme elle l'avait promis. Il n'en doutait pas une seconde. Comment aurait-il pu en être autrement ?

Au bout d'une semaine, il commença pourtant à s'inquiéter. Imperceptiblement, l'attitude de Sonia changeait. Moins souriante. Moins attentive. Rien de bien visible. Juste des petites remarques. Des reproches. Des signes d'agacement.

Un soir, Thomas convoqua une assemblée générale autour de la table. L'heure n'était plus aux jeux ni aux gâteaux. Une nouvelle période s'ouvrait.

– Je vous ai réunis pour mettre les choses au point. Comme vous le savez, le monde va mal. Très mal. Et dans ce chaos, nous avons besoin de repères pour ne pas nous perdre. La famille constitue le principal repère. Lorsque plus rien ne fonctionne, on peut compter sur elle. Mais il faut la préserver. Nous allons donc établir des règles plus strictes.

Interloqué par ce charabia, David dévisagea Nour à la recherche d'un minimum de complicité sans parvenir à y déceler le moindre sentiment. Ses traits fins restaient figés. Parfaitement encadrés par sa chevelure flamboyante.

– À partir d'aujourd'hui, les repas seront servis à midi et à dix-neuf heures. Ce sera l'occasion de passer un moment ensemble et par là même, de consolider notre cellule familiale. Nous devons arrêter de faire n'importe quoi. Ce n'est pas parce que les écoles sont fermées que votre instruction doit être interrompue. Je vais personnellement m'occuper de votre éducation. Chaque jour, de neuf heures à midi, puis de quatorze heures à dix-sept heures, vous aurez un travail à effectuer, des objectifs à atteindre. Nous ne devons pas laisser l'obscurantisme nous envahir. Des questions ?

David pouffa.

– Ça t'amuse ? s'indigna Thomas. N'oublie pas que tu es concerné. Tant que tu vivras sous notre toit, tu devras respecter ces règles.

David baissa les yeux, en guise de soumission. Une réaction que Nour lui avait apprise.

Dans la foulée de son discours, Thomas distribua de vieux livres aux enfants. Des ouvrages d'un autre temps, aux couvertures abîmées et aux couleurs passées.

Habitué aux tablettes tactiles, David n'avait jamais touché un tel objet. Les pages, imprégnées de poussière, devaient être tournées. Les images restaient statiques. Le papier sentait mauvais. Quand il posa son doigt sur un mot inconnu, rien ne se produisit. Il comprenait mal l'intérêt de cette technologie.

Le premier manuel regroupait des textes à étudier, écrits par des auteurs dont il n'avait jamais entendu parler. Dans le deuxième, il était question de mathématiques, une matière qui ne l'inspirait guère, même s'il s'en était toujours bien sorti. Le troisième abordait l'Histoire. David connaissait la plupart des personnages. Tel roi. Tel empereur. Tel général. Tous ces héros qui s'étaient démenés sur les champs de bataille l'attiraient. Mais les illustrations manquaient de réalisme. Et le récit se terminait par la photo d'un avion qui percutait un gratte-ciel. Comme s'il ne s'était rien passé depuis des décennies. Le dernier ouvrage était consacré à la géographie. Les continents, les océans, les forêts, les déserts, les fleuves y étaient décrits. Sur une carte, il identifia la zone où le centre de vacances se situait. Il imagina ensuite le lieu où Catherine était partie. Quelque part dans le Sud. Au-delà de cette mer dont les vagues battaient la plage. Sur une île ? Sur la banquise ? Au sommet d'une montagne ? Il se la représenta dans la savane, en train de chasser la gazelle pour se nourrir, mais cela ne correspondait pas à la mère dont il se souvenait. La sienne était plutôt du genre à se faire servir.

– Nous allons commencer par la lecture, annonça Thomas en choisissant un court texte.

Puis, s'adressant à David :

– Tu vas le lire à voix haute.

Le garçon s'exécuta laborieusement, d'un ton morne, butant sur chaque syllabe. Il était question de limonades et de promenades sous les tilleuls verts. De cafés tapageurs. De parfums. Le sens de certains mots lui échappait. Bocks. Cavatines. Sonnets. Des phrases l'interpellaient. D'autres l'intriguaient.

– Les livres que tu as lus constituent ta plus grande richesse. Personne ne pourra te les reprendre. Et ceux qu'il te reste à découvrir sont des mondes à explorer. Le temps que tu passeras avec eux ne sera jamais perdu.

Après l'étude du poème, Thomas lui offrit une collection de romans qu'il avait trouvée dans une poubelle : des polars, des classiques, des récits d'aventures, de la science-fiction.

D'abord réticent, David se jeta dans la lecture du premier texte. Une histoire vieillotte qui le maintint en éveil. Un tour du monde. Des moyens de locomotion dépassés. Des personnages désuets.

Il aimait lire pendant que Nour jouait du piano, s'installant dans un coin, pour ne pas la déranger, et se laissant emporter par la musique. De temps en temps, il l'observait à la dérobée. Il admirait sa concentration. Comment faisait-elle pour rester aussi longtemps sur son instrument ?

Rien ne la perturbait. Une porte pouvait claquer. Des éclats de voix pouvaient couvrir les notes. La pianiste ne levait pas les yeux de sa partition.

Parfois, elle se lançait dans une improvisation. Elle inventait des mélodies, tristes ou joyeuses, laissait ses doigts s'exprimer. Elle s'affranchissait des règles, s'évadait vers des contrées inconnues, découvrait de nouveaux continents, de nouveaux rythmes.

David posait alors son livre, porté par l'émotion. Plus rien ne comptait. Plus rien d'autre n'existait. La réalité s'estompait. Seuls subsistaient Nour, son piano, sa musique.

Depuis qu'ils ne partageaient plus la même couche, pour des raisons qui leur échappaient, les deux amis avaient renforcé leurs liens. Ils passaient des heures à discuter, souvent dans l'obscurité de la chambre, lorsque tout le bungalow dormait. Ils s'inventaient un avenir commun. Une famille. Des enfants.

Ils bâtissaient des mondes secrets que personne n'aurait pu pénétrer. Des univers peuplés de créatures fantastiques et de monstres qui menaçaient de les massacrer. Des zombies. Des dragons. Des superhéros capables de voler par-dessus les montagnes. Des planètes merveilleuses recouvertes d'océans, de forêts ou de déserts. Ils imaginaient des batailles menées par des armées surpuissantes.

David dormait désormais sur une paillasse que Sonia rangeait sous le lit de Nour pendant la journée. La chaleur de sa confidente lui manquait. Ses mains qu'il serrait. Ses bras qui l'enlaçaient pendant la nuit. Sa présence rassurante. Ses jambes. Son ventre. Les étranges sensations qu'il ressentait quand elle se pressait contre lui. Sa douceur.

Un soir, ils promirent de ne jamais se quitter.

Jour J moins dix semaines

– Tu as vu des kangourous en Australie ?
– C'est vrai qu'ils se déplacent en sautant ?
– Et le Marsupilami ? Il existe ?
– Et les lapins, il y en a vraiment beaucoup ?
– Ils sont tous malades ? Avec des yeux rouges ?
– Tu as rencontré des arborigènes ?
– Et des sorciers ?

Depuis son arrivée, Catherine enchaîne les interrogatoires. Fanny et Clara ne la quittent pas. Sa patience ne semble pas avoir de limites.

Elle a donc choisi l'Australie comme terre d'exil. Un territoire inaccessible pour le commun des mortels, qui permet tous les fantasmes.

– J'ai croisé quelques aborigènes, mais pas d'arborigènes, comme tu dis. Ils vivent comme tout le monde. Et les kangourous sont protégés maintenant. On ne peut pas les approcher. Il en reste très peu.

– Dis mamie, tu as mangé des œufs d'autruche ?

Mamie. Un mot que David n'a jamais prononcé dans son enfance, sa mère ayant coupé les ponts avec sa famille bien avant sa naissance. Il n'a pas eu de grands-parents. Ni de tantes. Ni d'oncles. Encore moins de cousins. Son entourage se résumait à un seul individu : Catherine.

– Au lit, les filles, annonce Nour avant de quitter le salon, aussitôt suivie par les jumelles insatisfaites.

David les considère d'un air rêveur.

– J'avais leur âge quand ma mère est partie, commente-t-il.

Pour ce premier tête-à-tête, David n'a pas l'intention d'épargner cette femme qui prétend être sa génitrice. Les histoires de kangourous et d'aborigènes sont charmantes. Mais elles ne risquent pas de les conduire bien loin.

– Tu m'en veux toujours, constate Catherine.

– Comment ne pas lui en vouloir ?

Depuis qu'elle a pris possession de la chambre d'amis, Catherine mène une opération de séduction. Le miel coule en abondance. Le sucre enveloppe la moindre de ses phrases. Cela poisse de partout. Cette personne ne ressemble pas à la mère que David a connue.

– Je l'ai attendue pendant des années, continue-t-il. Elle occupait chacune de mes pensées. J'avais peur qu'elle ne me retrouve pas. Alors j'ai tout fait pour revenir dans ce camp où elle m'avait laissé. Même quand il a été détruit. J'ai passé ma jeunesse à me battre contre ceux qui voulaient m'enfermer. J'ai multiplié les fugues. J'ai pris des coups. J'en ai bavé.

– Je ne pouvais pas t'emmener. C'était trop dangereux.

– Où était-elle pendant toutes ces années ? En Australie ? Au pôle Sud ? Sur la Lune ? Ou sur ces fameuses îles flottantes dont tout le monde parle ? Elle ne m'a jamais donné le moindre signe de vie. Pas une lettre. Pas un message. Rien. J'ai mis du temps à renoncer.

– Je ne pouvais pas communiquer, par mesure de sécurité. Mais je me tenais informée. Je savais que tu avais eu des enfants.

– Par quels moyens ?

– Je ne peux pas le dire.

– C'est trop facile. Vous débarquez, comme ça, un beau jour, avec de belles paroles en bouche. Vous embobinez ma famille. Vous vous installez chez moi. Je ne vous crois pas. Vous n'êtes pas ma mère. Vous n'êtes pas assez…

– Vieille ? D'où je viens, la vieillesse n'existe pas. Nous avons trouvé le moyen de la vaincre. La science a fait d'énormes progrès. Les maladies ont disparu. Nous mangeons à notre faim. Tout le monde est heureux.

– Pourquoi ma mère serait-elle revenue si c'était tellement bien là-bas ? Ne me dites pas que ses petites-filles lui manquaient. J'en doute fort. Elle serait revenue plus tôt si cela avait été le cas. Elle n'a jamais aimé qu'elle. Quand j'ai failli me noyer, elle n'a pas levé le petit doigt. Je m'en souviens parfaitement. Elle ne m'aimait pas. Alors pourquoi aimerait-elle mes gamines ? Je ferai tout pour les protéger. Personne ne les détruira, comme je l'ai été.

– J'ai changé.

– Vous auriez tout fait pour ne pas vieillir à coups de bistouris et de traitements. Et en même temps, vous auriez changé ? Tout cela manque de cohérence.

– Je comprends que tu m'en veuilles. Je suis pourtant sincère.

– Je devrais vous foutre dehors, mais c'est impossible. Les petites m'en voudraient comme j'en ai voulu à ma mère. Vous les avez manipulées. Ce n'est pas difficile. Je ne supporterais pas qu'elles me détestent. Par conséquent, vous pouvez rester.

– Si tu insistes…

– Je finirai par savoir ce que vous êtes vraiment venue faire ici.

Alors que les pas hésitants de Nour se rapprochent, David sourit.

Jour J moins vingt ans

L'information s'était répandue comme une traînée de poudre. Le centre commercial était désormais ouvert. Chacun pouvait aller et venir à sa guise. La décision avait été prise par un général, ou par un civil. À moins que le pouvoir en place ne se soit tout simplement effondré comme cela se produisait souvent.

Pendant la nuit, les militaires s'étaient volatilisés, sûrement envoyés sur un front quelconque afin de combattre d'improbables ennemis.

Sur le coup, David se sentit démuni. Cette nouvelle liberté le perturbait. Lui qui avait passé sa vie dans des camps, à l'exception de sa petite enfance. Son obsession avait toujours été de se sauver pour descendre dans le Sud. Mais maintenant qu'il pouvait réaliser son rêve, tout s'effondrait. À quoi bon partir ? Pour aller où ?

Alors que tout le monde s'affolait, il gagna la terrasse. Son jardin expérimental commençait à prendre forme. Au début, il n'avait pas su ce qu'il semait, incapable de distinguer une graine d'une autre. Il s'était contenté de les répartir au hasard par paquets de trois ou quatre, sans se faire d'illusions. Très vite étaient sorties de fragiles tiges qu'il avait vues se renforcer, puis s'élever.

Depuis lors, il prenait soin des plantations. S'émerveillant chaque jour de ce miracle. Avec un peu d'attention et suffisamment d'eau, la vie reprenait ses droits.

À l'abri de l'agitation ambiante, il passa la matinée au milieu des bacs. Il restait tant à faire : poser des tuteurs, y attacher les végétaux, éclaircir, nettoyer, tenter de nouvelles techniques, étaler le compost, tirer des plans sur la comète. Il souhaitait transformer cet endroit en potager. Un travail colossal qu'il envisageait d'accomplir seul avec l'autosuffisance alimentaire en ligne de mire.

Le soleil atteignait son zénith quand il se risqua à l'extérieur du camp. Les vigiles ne l'interceptèrent pas, trop occupés qu'ils étaient à suer sous leur uniforme. Des gueux entraient, les bras chargés de victuailles. D'autres sortaient en traînant une valise derrière eux. Des enfants couraient. Une femme âgée pleurait, de joie ou de tristesse. Un homme riait, improvisant une sorte de danse. Quelques margoulins tentaient de vendre leur marchandise.

David n'avait jamais vu une telle effervescence. Pris de vertige, il s'appuya contre le platane rachitique qui l'avait tant émerveillé. Les premiers bourgeons, gorgés de sève, n'allaient pas tarder à éclore.

Autour de lui, la foule bruissait. Mille fois, il avait sondé cette étendue qui entourait le centre commercial. Et mille fois, il avait cherché un moyen de la traverser sans se faire repérer.

– C'est dingue !

Angela se tenait devant lui, une paire de lunettes noires sur le nez. Il ne l'avait même pas vue arriver. Elle lui tendait un papier.

– Ton sauf-conduit. Mais il ne te servira plus à rien.

Il s'empara du document le plia et le glissa dans une poche de son pantalon.

– Tu vas faire quoi maintenant ? lui demanda-t-elle.
– Je ne sais pas.
– Tu ne pars plus ?
– Et toi ?

La jeune femme contempla la cohue qui les cernait.

– Je vais rester dans le coin. Mon instinct me dit qu'il y a du fric à se faire. J'ai pas eu le temps de tout explorer. Et puis, je ne vais pas t'abandonner comme ça.

– Fais gaffe, tu deviens sentimentale.

– Tu as raison. C'est mauvais pour ma réputation. Bye.

Angela s'engouffra dans le centre commercial d'un pas décidé.

Il y eut alors un mouvement de foule, une vague clameur. La vieille pleureuse venait de perdre connaissance, sous l'effet de la chaleur. Deux hommes la soulevèrent pour la ramener à l'intérieur du camp. Là où la lumière n'entrait pas.

Depuis qu'il opérait sur la terrasse, David s'était habitué au soleil. Sa peau s'était tannée. La canicule ne le dérangeait pas.

Il traversa le parking.

Par endroits, le bitume s'était fissuré. La végétation en avait profité pour s'y développer. Quelques herbes. Des tiges brunes. Un arbuste. Il rejoignit le bâtiment le plus proche. Celui qui avait brûlé. Cela faisait une éternité qu'il n'avait pas autant marché à l'air libre.

Derrière la ruine se trouvait un nouveau parc de stationnement qui menait à d'autres vestiges. Le tout ressemblait à des cubes qu'un géant aurait jetés là, au hasard.

Dès le lendemain, David s'aventura plus loin. Au-delà des parkings se dressait une barrière grise, constituée de bâtiments aux murs perforés par les bombes. Ici, des gens s'étaient battus. Quelques-uns étaient sûrement morts, ensevelis sous les décombres.

Une foule se pressait sur une place criblée de cratères, à proximité d'un hélicoptère calciné. Des commerçants vendaient leurs produits : fruits, légumes, volailles, lapins, œufs, fromages, pains, pâtisseries. Mais également des vêtements, des ustensiles de cuisine, des tapis, des matelas, des couvertures, des pièces détachées d'appareils en tout genre. Les clients se pressaient autour des étals. La plupart négociaient. Parfois, des éclats de voix s'élevaient pour retomber aussi sec.

David arpenta les allées de ce marché, dans un état second. Ainsi donc, des individus avaient continué à vivre normalement pendant toutes ces années. Ils s'affairaient, mangeaient, échangeaient, parlementaient. Des enfants s'amusaient. Des femmes minaudaient. Des hommes se provoquaient.

David comprit alors que l'essentiel lui manquait. L'argent. À l'intérieur du camp, les vivres étaient distribués gratuitement par des bénévoles. Il suffisait de se glisser dans la file d'attente. Le troc, quant à lui, fonctionnait bien. Les produits circulaient de main en main. Ceux qui souhaitaient améliorer leur quotidien devaient y mettre le prix auprès des trafiquants. Angela savait tirer parti de cette situation.

Ici, tout semblait différent. Rien n'était donné. Ni ces gâteaux appétissants qui donnaient envie. Ni ces boissons pétillantes. Il fallait payer pour les acquérir.

Dépité, David s'éloigna. Les ruines l'appelaient. Dans un terrain vague, des adolescents tapaient dans un ballon.

Deux équipes s'affrontaient. Un public clairsemé les encourageait.

Plus loin, des marmots grimpaient sur une carcasse de camion rouillée. Des femmes les surveillaient. L'une d'elles lui envoya un regard sombre. David ne s'éternisa pas. D'autres rues l'attendaient. Défoncées. Fissurées. Crevassées.

Soudain, une odeur pestilentielle attira son attention. Coincé entre deux tours dévastées, un amoncellement d'ordures pourrissait au soleil, envahi par une multitude d'oiseaux inconnus. Une poignée d'enfants fouillaient cette décharge, le nez couvert par un foulard. L'un d'eux poussa un cri avant de lever un bâton au bout duquel un rat empalé couinait.

– T'es qui toi ?

David se retourna vers celui qui venait de l'interpeller. La Kalachnikov qu'il pointait n'annonçait rien de bon.

– Je fais que passer.

– Tu vas où ?

– Nulle part.

– Tu ne sortirais pas du camp qu'ils ont ouvert ?

– Ça se pourrait.

L'individu s'approcha en boitant. Une cicatrice lui barrait le visage.

– Ici, on n'aime pas les étrangers.

David connaissait très bien ce type d'engin, pour en avoir vu fonctionner. Les balles qu'il envoyait ne laissaient aucune chance à la victime. Elles pulvérisaient tout sur leur passage. Les os éclataient. Les organes explosaient. Il connaissait aussi ce type d'homme. Cruel. Dangereux. Bête.

Capable du pire.

– Dégage.

David s'exécuta en se demandant si l'homme n'allait pas lui tirer dans le dos. Il l'imaginait, le doigt sur la détente, un rictus sur les lèvres, en train de le viser.

Il pressa le pas, s'éloigna de la décharge, se plaqua contre un mur et respira profondément. Il voulait vérifier que son prédateur ne le suivait pas. Son cœur battait à tout rompre. L'air chaud lui brûlait les poumons. Rarement, il avait ressenti une telle frayeur.

Un océan de décombres l'entourait. Des tiges de fer rouillées. Des bouteilles écrasées. Des palettes de bois pourries. Des plaques de ciment craquelées. Du grillage. Des pneus. Des briques. Des cordes. Du verre. Des sacs plastiques déchiquetés. Des appareils démantibulés, vestiges des temps anciens. L'herbe ne poussait pas.

Quand il risqua un œil par-dessus le mur, l'homme s'était volatilisé. À croire qu'il n'avait jamais existé.

Incapable de revenir sur ses pas, David n'avait pas le choix. Il devait aller de l'avant. Malgré les barres de béton qui lui bouchaient l'horizon. Toujours plus hautes. Toujours plus longues. Mais peu occupées. Dévastées par les incendies. Conservant les stigmates des combats passés sur leurs façades criblées de trous.

Une multitude de chats vivaient dans ces ruines. Des félins qui s'enfuyaient dès qu'il s'approchait. Gris. Noirs. Tigrés. Blancs. Aussi maigres les uns que les autres. Les plus jeunes, à la recherche d'un terrain de jeu, restaient groupés. Les adultes, en quête de nourriture, exploraient les gravats.

David avançait lentement, les sens en éveil. Il évita quelques individus, longea plusieurs zones abandonnées, avant d'atteindre la lisière du quartier. Une large avenue marquait la frontière. Un enchevêtrement de ronces séparait la chaussée en deux, rendant difficile toute progression.

De l'autre côté de l'artère, une muraille de verre renvoyait les rayons du soleil. Des tours de hauteurs variables se succédaient. Les rez-de-chaussée avaient été saccagés. Certains étages montraient des traces d'explosion. Vitres éclatées. Matériaux arrachés. Mieux valait ne pas s'éterniser dans les parages.

David hésitait. La soif commençait à le tenailler. Il n'avait pas prévu de s'éloigner autant du centre commercial. Sa gourde lui manquait. De l'eau fraîche lui aurait fait du bien.

Son unique solution consistait à suivre le ruban d'asphalte. Mais dans quelle direction ? À gauche ou à droite ? La sagesse lui conseillait la gauche, plus dégagée. Et son instinct lui indiquait la droite, en raison d'une structure métallique qu'il apercevait dans les ronces. Il prit donc à droite, poussé par la curiosité.

Il reconnut rapidement une station de tram semblable à celles qu'il avait vues dans son enfance. Puis il distingua les rails, recouverts par les broussailles.

L'abri avait échappé à la destruction. Seul le banc avait été brisé. Les panneaux de verre étaient intacts. Sur l'un d'eux, un plan était fixé. Des rues s'y croisaient, dessinant une toile d'araignée aux fils multicolores.

David se fraya un chemin dans les ronces jusqu'à la carte. Il repéra l'avenue qu'il suivait. Ainsi que la ligne de tram qui menait au centre-ville. Ne restait plus qu'à déterminer sa position.

Un nom s'affichait sur l'abri. Les mazurkas. Un mot enfoui dans sa mémoire.

Des images lui revinrent. Les premières depuis des années. Nour. Assise à son piano, en train de jouer des mélodies de Chopin. La chevelure rousse. Le dos droit. La concentration. Tout ressurgit.

Dix années s'étaient écoulées depuis leur séparation. Dix années de peur. Dix années de solitude. Dix années de lutte pour sa survie.

Jour J moins cinq semaines

Hugo ne manque pas d'allure. Avec sa bouille ronde, son tronc filiforme, ses bras trop longs et ses jambes frêles. Sans oublier ses yeux écarquillés qui changent de teinte en fonction du contexte. Rouge pour la tristesse. Le bleu pour la joie. Le vert pour l'incompréhension. Le jaune pour la tendresse. Avec, en plus, tout un panel de nuances. Car le robot peut afficher la plupart des émotions, à défaut de les ressentir. Une paire de sourcils parachève le visage.

À l'origine, Hugo aurait pu s'appeler Huguette. Lors de son acquisition, le choix du genre avait fait l'objet de longues négociations. Nour souhaitait une fille. David préférait un garçon. Cerné par les femmes, il revendiquait son droit à la parité.

Nour avait déjà eu gain de cause au moment de quitter le mobile home qu'ils avaient occupé pendant des années. Le nouveau quartier des Mazurkas lui plaisait. La réhabilitation touchait alors à sa fin. Les immeubles de verre avaient cédé la place à de coquettes résidences. Situé au rez-de-jardin, l'appartement pressenti présentait de nombreux avantages. Quatre chambres. Un salon suffisamment vaste pour accueillir le piano droit de Nour. Une cuisine spacieuse. Des baies vitrées qui offraient une luminosité permanente, ce qui n'était pas négligeable, compte tenu du temps qu'ils avaient passé dans l'obscurité. Et un jardin privatif.

David aurait préféré s'installer à proximité de son travail. Marcher vingt minutes ne l'emballait pas. Utiliser les navettes, non plus. Un moment, il avait envisagé le vélo, la trottinette ou les rollers. Trop risqués. Puis il avait inventé mille excuses pertinentes, sans grand succès, avant de céder. Pour les jumelles. Pour Nour. Et pour la lumière.

Mais pour Hugo, il avait tenu bon. Le robot avait rapidement trouvé sa place au sein de la famille, améliorant la vie de chacun. Une Huguette n'aurait pas fait mieux.

Depuis peu, une nouvelle mission a été confiée au fidèle compagnon. Surveiller Catherine. La suivre dans ses fréquents déplacements. Obtenir un maximum d'informations sur cette femme mystérieuse qui continue d'occuper la chambre d'amis.

Rien de plus facile. Grâce au réseau de robots qui s'affairent dans la ville. Les échanges s'effectuent à la vitesse de la lumière.

Hugo utilise également les caméras de vidéosurveillance qui ont été mises en service par Emmanuel Ambroise pour lutter contre l'insécurité. Pirater le système. Enregistrer les images. Repérer les comportements suspects. Un jeu d'enfant, pour cette machine aux multiples talents.

Jour J moins trente ans

Les petits doigts de la jeune Nour effleuraient le clavier. Comme chaque fois, la magie opérait. Le miracle se reproduisait. David baissait son livre, l'oreille attirée par la mélodie. Il laissait son esprit vagabonder quelques instants, avant de reprendre sa lecture. Il vénérait ces moments privilégiés. Lorsque tout semblait en ordre, que les notes du piano électronique se mêlaient aux mots imprimés. Quand tout paraissait si simple.

Mais le bel ordonnancement fut brusquement rompu par la musicienne.

– Merde, s'exclama-t-elle. Il est nul ce truc.

Cela se produisait parfois. Elle pestait contre son instrument, tapait dessus, menaçait de l'envoyer par la fenêtre.

– Le son est tout pourri. Écoute le *la*. Et le *mi*.

David écoutait, sans comprendre le problème.

– Et là ? Là ? Là ?

Il compatissait, incapable de distinguer un *la* d'un autre *la*.

– Je ne peux rien jouer de correct dans ces conditions. Je suis en train de perdre mes acquis.

Dans ces cas-là, Nour perdait son sang-froid. Les larmes lui montaient aux yeux. Mieux valait ne pas la contrarier.

– Un jour, je t'offrirai un vrai piano, promit David.

– Un demi-queue au moins.

Un jour. Leur jeu préféré. Il leur arrivait souvent de s'inventer un avenir.

– Un jour, nous aurons des enfants, prédisait David.
– Combien ?
– Dix.
– Carrément.

David rêvait de la famille nombreuse qu'il n'avait pas eue. Avec des cris. Des rires. Des galopades. Il avait passé trop de temps seul.

– Un jour, nous aurons une maison, ajoutait Nour.
– Et un grand jardin.
– Pour les enfants.
– Un jour, tu seras célèbre. Tu joueras dans des salles immenses, devant des milliers de spectateurs.
– Un jour, nous voyagerons dans le monde entier.
– Un jour, nous serons heureux.

Cette fois, Nour ne voulait pas jouer. Immobile, elle maudissait son clavier. Un sanglot la secoua. Elle shoota dans la pédale.

– J'en ai marre.

David posa son livre et quitta la pièce sur la pointe des pieds avec l'intention de se faire oublier. Il sortit du chalet, écrasa une motte de terre. Il n'avait plus envie de lire, mais de se dépenser. Il ressentait le besoin de courir. Un trop-plein d'énergie remontait à la surface. Il regrettait l'époque des plongeurs. Parfois, l'un d'entre eux venait le voir, le temps d'échanger quelques paroles avant de filer vers de nouvelles aventures. Il y avait toujours une lutte à mener, une cabane à construire, une bataille à organiser.

Puis il pensa à sa console de jeux vidéo. Elle était restée dans son bungalow, avec la plupart de ses affaires. Accaparé par ses lectures, il n'y avait pas touché depuis le départ de Catherine. Cette simple idée le poussa vers chez lui.

Quelquefois, il s'y réfugiait. Il ouvrait les fenêtres, chassait les insectes, pulvérisait les toiles d'araignées. En bon gardien du temple, il entretenait les lieux afin de les préserver du temps, dans l'attente du retour de sa mère.

Alors qu'il s'approchait du chalet, un détail attira son attention. Un mouvement. Une ombre qui se faufilait entre les pins. Le cœur battant, il s'y précipita, courant entre les arbres. Ses pieds touchaient à peine le sol. Ses bras frôlaient les troncs. Une branche l'égratigna. Il trébucha sur une pierre, faillit tomber, retrouva son équilibre, dérapa, pila devant son ancienne maison, le souffle coupé.

La porte était ouverte. Un homme le bouscula, un carton dans les bras. Thomas. La boîte bascula. Le contenu se déversa sur le sol. Une écharpe. Une chaussure. Une tong. Un carnet à spirales. Un stylo. Une gomme. Une brosse à cheveux.

– Tu n'as pas le droit, lança David.

– Tu as fait tes devoirs ? Laisse les adultes tranquilles ! Des familles attendent un logement. Va travailler !

À l'intérieur, Sonia vidait un tiroir sur la table. Son regard avait changé.

– Maman va bientôt revenir.

– Ta mère ne reviendra jamais. Laisse-nous tranquilles !

David se rua dans la chambre. Il voulait récupérer sa console. Son bien le plus précieux. Mais à peine venait-il de l'attraper que Thomas la lui arrachait des mains.

– Pas de ça chez moi, s'écria-t-il.

Jour J moins vingt ans

À vingt ans, David n'avait jamais mis les pieds dans une église. Au cours de ses pérégrinations, il avait pourtant croisé des illuminés, des mystiques, des intégristes et de simples croyants de toutes les religions. Mais aucun d'eux n'était parvenu à le convaincre de l'existence d'un dieu.

Bâtie sur une butte, la cathédrale se voyait de loin. Avec ses deux tours et sa flèche, elle écrasait la ville de sa masse. À mesure que le promeneur se perdait dans le dédale des rues du centre-ville encombrées de détritus, l'édifice disparaissait, caché par les façades pour finalement se dresser au détour d'une venelle. David n'avait jamais approché une telle construction.

Sur le parvis, des enfants, retranchés derrière des amas de ferraille, jouaient à la guerre. Non pas avec des lance-pierres comme jadis, mais avec de véritables armes à feu. Des projectiles volaient. Des cris retentissaient. L'un d'eux, une kalachnikov à la main, menait l'assaut en hurlant d'incompréhensibles rugissements. Deux bandes s'affrontaient. Acier contre acier. Bâtons contre bâtons. Poings contre poings.

David contourna le champ de bataille pour pénétrer dans la cathédrale. Un immense christ l'accueillit. Blême. D'un réalisme terrifiant. Avec ses chairs meurtries. Du sang coulait de ses blessures. Comment une telle figure pouvait-elle attirer des fidèles ?

Un incroyable capharnaüm régnait à l'intérieur du bâtiment. Des odeurs de graillon flottaient dans l'air. De part et d'autre de l'allée centrale, des abris avaient été aménagés, séparés par des rideaux déchirés ou par des cartons souillés. Des familles y avaient trouvé refuge. Dans un coin, une femme allaitait son nouveau-né. Plus loin, un vieillard ronflait sur sa couchette.

Les vitraux projetaient des taches multicolores sur le sol. Des gosses crasseux, vêtus de haillons, bondissaient de l'une à l'autre. Sur les bas-côtés, des statues montaient la garde. Quelques bougies apportaient un fragile halo de lumière. Le reste n'était qu'obscurité et fraîcheur, la pierre semblant protéger l'édifice de la canicule extérieure.

– Alors beau gosse, on se promène ?

David examina la gorgone édentée qui venait de lui attraper le bras. Arborant un sourire démoniaque, elle dégageait une odeur nauséeuse.

– Une petite gâterie ? Je fais tout ce que tu veux. C'est pas cher.

David tenta de libérer. Être touché par des inconnus l'avait toujours répugné.

– Tu viens ?

Il se dégagea d'un coup sec.

– Fais pas ton timide.

À mesure que David s'écartait, la créature se montrait de plus en plus insistante.

– Je suis pas assez bien pour toi, c'est ça ?

Il tourna les talons.

– T'es une fiotte ?

Des regards convergeaient vers lui. Des silhouettes hos-

tiles s'approchaient. Il crut percevoir l'éclat d'une lame.
– T'es quand même pas un migrant ?
David avait commencé à remonter l'allée d'un pas vif.
– Un migrant ! Chopez-le !

Jour J moins trente ans

– Te rends-tu compte de ce que tu as fait ?

À dix ans, David n'était pas idiot. Il se rendait très bien compte de ce qu'il avait fait. Brûler le bungalow où il avait vécu avec sa mère n'avait rien d'anodin.

– Cela fait de toi un criminel.

Il avait voulu se venger.

– Un pyromane.

Sonia et Thomas se tenaient en face de lui, de l'autre côté de la table. La colère se lisait dans leurs yeux.

Nour avait été renvoyée dans sa chambre.

– Tu as trahi notre confiance.

– C'est vous qui avez trahi la mienne. Vous n'aviez pas le droit de faire ça.

La mise à sac de son ancien domicile l'avait révolté. La détermination de Thomas, l'avidité de Sonia l'avaient écœuré. Le regard qu'elle affichait au moment de trier les affaires de Catherine. D'un côté, les vêtements qu'elle conservait pour son usage personnel. De l'autre, le sac poubelle où s'entassait le reste.

– On ne va pas revenir là-dessus. Nous ne pouvions pas garder un logement vide alors que des familles vivent sous des tentes.

Les deux juges parlaient à tour de rôle, d'une voix autoritaire. La douceur, la gentillesse, les blagues, tout s'était envolé.

– L'incendie aurait pu se propager aux autres habitations.

David s'était introduit dans le chalet par une fenêtre qu'il avait brisée à l'aide d'une pierre. Un jeu d'enfant. Pour allumer le feu, il avait utilisé des allumettes subtilisées à Sonia. Les draps s'étaient enflammés tout de suite. Les cartons humides lui avaient posé quelques problèmes. Il avait fallu ajouter du papier pour qu'ils s'embrasent. Les rideaux en revanche avaient tenu leur promesse. Dévorés par les flammes en un rien de temps.

– Fallait pas prendre ma console.

– C'est pour ça que tu as mis le feu. À cause de cette fichue console ?

David n'avait pas supporté le geste de Thomas. Sa console valait une fortune. Elle le rattachait à sa vie d'avant, à Catherine. Thomas avait commis l'irréparable.

– Qu'allons-nous faire de toi ?

– Nous t'avons accueilli au sein de notre famille.

– Et voilà comment tu nous remercies !

Depuis le pillage, David passait ses journées dans les arbres à étudier les environs, le camp, les bungalows. Mais surtout la plage, la mer, le large. Il pouvait rester des heures ainsi, immobile, loin de tout. Il scrutait l'horizon, dans l'attente d'un improbable secours. Un rafiot. Un voilier. Ou un simple radeau.

Le reste du temps, il se contentait de lancer un ballon dégonflé, qui rebondissait mal, dans un vieux panier de basket. Un équipement qu'il avait déniché dans un cabanon. Dresser le panneau sur son support lui avait donné du fil à retordre. Mais cela valait le coup. Même si personne n'était encore venu jouer avec lui.

– Maman me défendra quand elle reviendra.

– Elle ne reviendra pas. Elle t'a abandonné. Tu comprends. Tu ne la reverras jamais.

– Vous mentez.

Joignant le geste à la parole, David tenta de renverser la table, bien trop lourde pour lui.

– Il y en a qui pensent que tu mérites un châtiment exemplaire.

– Comme te fouetter en place publique.

– Ou t'enfermer dans un cachot.

David n'avait pas peur de ces menaces ridicules. Sa haine emportait tout. N'importe quoi pouvait advenir. Il s'en moquait.

– Les autorités veulent t'envoyer dans un centre éducatif jusqu'à ta majorité.

– On y apprend à devenir un homme à coups de trique.

– On y mate les fortes têtes.

David ne pouvait pas partir. Il devait rester pour accueillir Catherine à son retour. Car elle allait revenir. Sans prévenir. Un jour. Les bras chargés de cadeaux.

– On a peut-être trouvé une solution.

– Un travail d'utilité collective.

– Tu pourrais participer à l'entretien du centre pendant quelques semaines.

– Nettoyer les allées, vider les poubelles.

– Un potager va être créé.

– Tu pourrais t'en occuper.

David contemplait les visages fermés qui lui faisaient face. Il leur avait fait confiance à ces visages. Il avait accepté leurs conditions. Il avait cru à leurs belles paroles. En brûlant le bungalow, il avait exprimé une colère qui ne s'était pas atténuée. Depuis lors, quelque chose en lui était brisé.

– On te donne une ultime chance.

– Je vous déteste.

Jour J moins cinq semaines

– Tu n'as pas honte ?

Nour fulmine. Ses yeux envoient des étincelles. Sa chevelure se dresse.

– Espionner ta mère !

La pianiste se met rarement en colère. Mais lorsqu'un tel événement se produit, il faut éviter de la contrarier.

– Te rends-tu compte de ce que tu as fait ?

David avait oublié un détail. Comme tout robot, Hugo ne peut pas mentir. Il est obligé d'obéir.

– Ce n'est pas ma mère.

– Tu ne vas pas recommencer.

Nour ne va pas lâcher le morceau aussi facilement. David le sait. Affalé dans le canapé, il est coincé. Tel un gosse. Il attend les remontrances.

– J'en suis sûr.

La pianiste réclame des explications. Imperturbable. Elle le surplombe, les poings sur les hanches. Une posture qui lui va très bien malgré sa jambe droite meurtrie.

– Cette femme est ta mère.

– Tu ne l'as pas beaucoup connue à l'époque.

– Elle a répondu à toutes tes questions.

Dès que l'occasion se présente, David cuisine Catherine. Il traque la moindre erreur, la moindre incohérence. En vain.

– Elle a bien appris son rôle, c'est tout.

Quelques détails varient cependant, la mémoire n'étant pas toujours fidèle à la réalité.

– Elle se souvient très bien du jour où tu as failli te noyer.

– Cela ne s'est pas passé comme elle le prétend. Elle jouait avec son téléphone et n'a rien fait pour me sauver. À l'entendre, elle aurait risqué sa vie. Elle n'a pas bougé le petit doigt.

Comment oublier cette scène ? Ce premier souvenir, inscrit au fer rouge dans sa mémoire.

– Tu lui en veux toujours.

– Je me suis construit tout seul. Et pour ça, j'en veux à ma mère. C'est vrai. Elle n'était pas là pour me guider. Ni pour m'engueuler. Personne ne m'a jamais rien expliqué. J'ai tout appris sur le tas. Elle aurait pu m'éviter de faire des conneries et de prendre des baffes.

Nour dresse l'oreille. Des notes attirent son attention. Une harpe. Fanny répète dans sa chambre. Dans cette famille, la musique occupe les esprits, élargit les horizons, ouvre de nouvelles portes.

Puis elle s'assoit au bout du canapé, la position debout lui devenant pénible après un certain temps.

– Ce n'est pas bien d'espionner sa mère, ajoute-t-elle.

– La fin justifie les moyens.

– Tu aurais pu m'en parler.

– J'aurais dû te prévenir. Tu as raison.

D'un regard, Nour accepte les excuses.

– Tu as fait des découvertes ?

Chaque soir, Hugo rend son rapport. Le moindre geste de Catherine est tracé. Les endroits qu'elle fréquente. Les personnes qu'elle croise. Rien ne lui échappe.

– Elle serait devenue catho, lâche David.

– Elle s'est peut-être convertie.

Régulièrement, la soi-disant mère participe à des réunions. Depuis la fermeture des lieux de culte, les croyants s'organisent, à l'abri des regards. Ils se retrouvent dans des gymnases ou des salles polyvalentes.

– Je ne le crois pas. La religion ne l'intéressait pas. C'était loin de ses préoccupations. La première fois que j'ai mis les pieds dans une église, c'était ici, à la cathédrale. J'avais vingt ans. J'ai failli me faire lyncher. Les étrangers n'étaient pas les bienvenus. Tout montre qu'elle a préparé son retour. Ses fréquentations m'étonnent.

Nour grimace. Elle a perçu une fausse note.

– Elle passe beaucoup de temps avec Emmanuel Ambroise, par exemple. Ce type est une ordure. Ses dents rayent le plancher. Il est prêt à tout pour décrocher une miette de pouvoir.

– Je suppose que ta pouffe est de la partie ?

– Rebecca Latour ? Tout à fait. Tu es perspicace.

Jour J moins trente ans

En quelques jours, David était devenu un paria, un moins que rien. Sa condamnation avait transformé sa vie en chemin de croix. Les adultes le traitaient comme un domestique. Les enfants le harcelaient.

Le travail ne variait guère. Jeter les poubelles. Entretenir les allées. S'acquitter des tâches les plus ingrates. De nouvelles corvées apparaissaient. Vider les latrines qui avaient été aménagées à la lisière du camp lorsque les sanitaires d'origine s'étaient avérés insuffisants. Couper des arbres, en prévision de l'hiver. Déplacer des détritus.

Nour lui manquait. Sa musique lui manquait. Leurs conversations lui manquaient. Depuis que son matelas avait été transféré dans le séjour, il se levait le premier pour préparer les petits déjeuners avant de retrouver sa misérable condition.

David prenait ses repas, à l'écart des autres. Il s'isolait dans le potager, le seul endroit qu'il appréciait. Un havre de paix. Il se contentait de peu. Un bout de pain rassis. Une tranche de jambon. Les tomates qu'il cueillait directement sur leur pied. Un morceau de fromage. Sonia lui accordait le minimum. La nourriture étant devenue précieuse. Les denrées s'échangeaient au marché noir à des tarifs qui n'arrêtaient pas d'augmenter.

Parfois, Nour lui amenait un carré de chocolat ou une part de gâteau qu'il dégustait religieusement. Son amie ne l'oubliait pas.

Entre deux bouchées, il pensait à sa mère, à sa vie d'avant. À leur maison. Lorsque tout allait bien. Il revoyait sa chambre, ses jouets, sa console. Une existence normale. Et ce, malgré les fréquentes absences de Catherine.

À ses pieds, les oiseaux se disputaient les miettes. Chaque jour, ils s'approchaient davantage. David leur parlait, leur racontait son quotidien. Une remarque de Sonia au sujet du matelas qui la dérangeait. Un reproche de Thomas qui trouvait toujours à redire. Un sourire de Nour. Ses rêves.

De plus en plus souvent, l'envie de s'évader le démangeait. Quitter ces lâches adultes. Prendre le large. Retrouver sa mère. Un projet qu'il ne cessait de repousser, par peur de l'inconnu. Il avait pourtant pris le temps d'étudier le camp, d'en repérer les points faibles. Une simple pince coupante pouvait ouvrir un passage dans le grillage. Il suffisait ensuite de gagner la plage puis de longer le rivage. L'eau effaçait les empreintes. Il était alors possible de marcher pendant des jours en se nourrissant de poissons et de crevettes. Rien de plus facile que de disparaître. Mais pour aller où ? De plus, David n'avait jamais voyagé seul.

Nour avait promis de le suivre jusqu'au bout du monde. Ses parents la révoltaient. Elle ne comprenait pas leur attitude, leur absence d'humanité. Elle ne leur parlait plus. Partir ne l'effrayait pas.

David craignait surtout de rater Catherine. Comment ferait-elle pour le retrouver s'il s'enfuyait ? Combien de temps allait-il encore devoir attendre s'il restait ? Qui allait s'occuper de lui pendant cette période ?

Toutes ces questions le rongeaient. Elles tournaient en boucle dans sa tête, s'emmêlaient pour ne former à la fin qu'un incompréhensible maelström.

Dans les pires moments, l'enfant qu'il était encore se laissait envahir par les sanglots. Un flot ininterrompu de larmes se déversait sur le sol. Des hoquets soulevaient sa poitrine. Il redevenait un gosse comme les autres. Perdu. Effrayé. Un être fragile, abandonné, rejeté de tous.

Un soir, alors qu'il rentrait se coucher, David tomba dans un guet-apens. En une fraction de seconde, il se trouva immobilisé. Deux idiots lui bloquaient les bras en arrière. Un troisième lui maintenait la tête. Les autres se tenaient devant lui. Au centre, celui qui se prenait pour le chef, un ancien de la bande des plongeurs, ricanait.

– Ça sent le larbin, le ramasseur de merde, le blaireau.

Ses acolytes s'esclaffèrent.

– Et un larbin, ça lèche les bottes.

Tandis qu'une main le poussait vers l'avant, David tentait de résister.

– Ne fais pas ta chochotte.

À chaque réplique, les rires fusaient.

– Ça devrait pourtant te plaire. J'ai marché dans une grosse merde tout à l'heure.

David cria. Une violente douleur venait de lui traverser l'épaule droite. Mais il refusait de se soumettre, le regard planté dans celui de son interlocuteur.

– Lèche ! À moins que tu préfères sucer des bites, comme ta pute de mère.

David utilisa la seule arme dont il disposait. Le crachat. Pile dans la cible. Entre les deux yeux.

Jour J moins quatre semaines

Après chaque naissance, Omar organise une soirée chez lui. Une méga fiesta, comme il dit. Une occasion de réunir ses amis. L'arrivée de sa sixième fille ne déroge pas à la règle. La foule des invités se presse autour du buffet. Le vin pétillant coule à flots.

Nour s'est mise sur son trente-et-un. Elle porte une longue robe verte qui fait ressortir sa peau diaphane. La coquetterie l'empêche de montrer ses jambes, surtout la droite. Les cicatrices attirent les regards.

Elle a également sorti sa quincaillerie. Des bracelets. Un pendentif. Des créoles. Ses cheveux roux descendent sur ses épaules. Elle arbore un sourire éclatant.

Pour une fois, David a fait un effort. Son chino vert a certes vieilli, mais il lui confère une certaine élégance. Sa chemise blanche aux manches remontées complète sa tenue.

Un parfum de fête flotte dans l'air. Sur leur estrade, les trois musiciens jouent des morceaux entraînants d'une autre époque. Une chanteuse plantureuse susurre des mots doux dans son micro.

Nour trempe ses lèvres dans sa flûte, le temps de laisser une trace rouge sur le rebord. Puis elle ondule des hanches, prête à danser. En matière de musique, elle cultive l'éclectisme. Ses goûts varient.

Des grappes d'enfants se poursuivent, les mains chargées de gâteaux. David aperçoit Clara, suivie de près par Fanny. Les jumelles s'en donnent à cœur joie.

En ce début d'automne, les journées commencent à raccourcir. La lumière change, passant du jaune éclatant à l'orangé. Les ombres s'allongent. Pourtant les températures sont toujours aussi douces.

Des lampions éteints sont suspendus entre les arbres. Quelque part, une guirlande clignote. Plus loin, un mouton grille sur sa broche.

David gobe un toast au saumon. La soirée commence bien.

Omar glisse d'un groupe à l'autre, hilare, en costume blanc. La paternité l'épanouit. Il s'approche de Nour, l'attrape par la taille, dépose un baiser sur son épaule nue et s'écarte.

– Vous avez pris du retard les amis, s'amuse-t-il. À quand la prochaine paire ?

– La prochaine paire de baffes, ricane David.

– Les prochaines jumelles.

En guise de réponse, David lâche un soupir.

– Ce n'est plus de notre âge.

Omar, quant à lui, rêve d'un mâle. Un héritier. Un petit mec qui pourrait l'admirer.

– Six filles, s'esclaffe-t-il. Ça suffit. Je suis cerné.

– Une septième naissance est prévue ? demande Nour.

– J'y travaille. Faut battre le fer quand il est encore chaud.

Sur cette réplique, le jeune père s'éloigne en riant. Des invités le réclament.

Le jour décline. Les lampions s'allument. La chanteuse

roucoule sur la scène. Seul le clavier l'accompagne. Ses deux comparses en profitent pour se désaltérer.

– Tu as prévu de jouer quelque chose ? s'informe David.

– Ce soir, je ne joue pas, tranche Nour. Je me repose.

Pourtant, elle le sait, le même phénomène se reproduit irrémédiablement. Face à l'insistance du public, la pianiste cède à la demande, obligée d'improviser quelques morceaux. Des airs qu'elle interprétait jadis, dans une autre vie. Vifs. Joyeux. Des mélodies qui donnent envie de s'amuser, de danser, de s'abandonner.

– Il nous en manque huit, se souvient David.

– Huit ?

– On s'était promis d'avoir dix gosses. Il nous en manque donc huit pour atteindre notre objectif.

Nour a toujours refusé de réitérer l'expérience. Les jumelles lui suffisent. Quatre représente le nombre idéal pour une famille. Au-dessus, le quotidien se complique. Au-dessous, l'enfant unique s'ennuie.

– J'ai trouvé un chiot, annonce-t-elle.

– Je te parle d'enfants et tu me proposes un chien.

– Les filles s'en occuperont.

– Avec l'aide de Hugo.

Le moment est venu pour eux de s'écarter du buffet comme tout pique-assiette qui ne veut pas se faire repérer.

– Ce n'était pas la seule promesse, continue David.

– Quoi ?

– Dix enfants.

– Nous étions jeunes.

– Il n'y a pas d'âge pour rester jeune.

Précédé de Nour, David slalome entre les invités, une flûte à la main. Sa femme attire les regards malgré sa jambe raide. La foule s'écarte sur son passage.

Soudain, elle pile. David évite l'accident de justesse. Quelques gouttes de vin se répandent sur le sol.

Face à eux, Rebecca Latour se pâme au centre d'un groupe de mâles émerveillés. Elle a sorti le grand jeu. Robe noire, courte et moulante. Lèvres écarlates. Paupières sombres. Jambes interminables. Talons effilés. Son rire résonne. Sa chevelure tourbillonne. Ses interlocuteurs bombent le torse, jouent des coudes. Ils ne craignent pas le ridicule. C'est à celui qui aura le dernier mot. Dans la jungle, un tel spectacle s'achèverait par un massacre.

– Voilà ta pouffe, tranche Nour.

– Elle a réussi à s'incruster.

– Ça pue les phéromones.

Rebecca Latour ensorcelle les hommes. Sa réputation n'est plus à faire. Quand il croise son regard, David comprend le trouble qu'il a ressenti le soir de la tempête. Cette femme est vénéneuse. Qui s'y frotte s'y pique. Mais celui qui s'y frotte doit en tirer un incommensurable plaisir.

– Vas-y, mon chéri, lui propose Nour. Elle n'attend que toi.

– Tu crois ?

– Je vais en profiter pour trouver le père de mes sept prochains enfants.

– Sept ?

– Bye.

Nour se retire d'une démarche chaloupée. Sa jambe droite ne semble pas la déranger, ce soir.

– Pourquoi sept ?

La pianiste sait se montrer mystérieuse quand elle veut. En peu de mots, elle est capable de soulever une montagne, de tracer une route, ou d'annoncer un heureux événement. Entre ses mains, David est devenu un jouet.

– Votre femme est charmante, commente Rebecca Latour qui vient de le rejoindre, au grand dam de ses admirateurs.

– Elle me fait confiance.

– Elle a tort. Il ne faut pas faire confiance aux hommes.

– Madame a raison, ajoute Hijra qui vient de surgir de nulle part, une bouteille à la main, dont elle s'empresse de verser le contenu dans le verre de David.

Sa robe courte à paillettes étincelle.

– Les mecs ne sont pas dignes de confiance, poursuit-elle. Et je suis bien placée pour le savoir.

– Merci, ma libellule, lui répond David.

– De rien, mon sucre d'orge.

Amusée, Rebecca Latour effleure la flûte de David avec la sienne.

– Décidément, il vous les faut toutes.

– On ne se refait pas.

Hijra s'est déjà éloignée vers de nouvelles aventures d'un pas mal assuré sur des talons trop hauts.

– Quelle magnifique soirée ! s'extasie Rebecca Latour en écartant une mèche de cheveux.

L'orchestre a changé de rythme. La musique s'est ralentie. La chanteuse pose sa voix, les mains refermées sur le micro.

– Votre mère n'est pas venue ?

Catherine est restée à l'appartement, officiellement souffrante. De toute façon, David n'avait pas envie de l'emmener. Il lui a fait comprendre que sa présence n'était pas désirée. Cette fête ne la concerne pas. Il ne voulait pas se sentir obligé de la présenter à tout le monde.

– Elle ne connaît pas Omar, déclare-t-il.

– Moi non plus. Faudra me le présenter.

– Je n'y manquerai pas.

Nour, de son côté, papillonne, contourne des inconnus, se rapproche du buffet, enfourne un toast.

– C'est une personne de valeur, continue Rebecca Latour.

– Elle aurait pu être concertiste.

– Je parlais de votre mère. Comme vous le savez, nous fréquentons les mêmes cercles. Nous partageons les mêmes idées sur de nombreux sujets.

Plus loin, Omar présente sa dernière fille aux invités. Les femmes s'extasient. Les hommes observent, hésitant sur l'attitude à adopter.

– Vous n'aviez pas besoin de l'espionner. Il suffisait de lui demander. Nous savons tout ce qu'il se passe dans cette ville. Et ailleurs.

Hijra s'est débarrassée de sa bouteille. Une inconnue l'a rejoint. De petite taille, avec les cheveux en brosse, entièrement vêtue de kaki. Une couleur qui tranche avec la frivolité ambiante.

– Qui « nous » ? s'informe David.

– Tous ceux qui veulent remettre de l'ordre.

De l'endroit où il se trouve, il ne peut voir la nouvelle arrivée que de dos. Il s'agit sûrement de la dernière conquête de son amie. Cette mystérieuse femme s'apparente davantage à une mercenaire qu'à une mondaine.

– Nous allons bientôt transformer le monde.

– Vous ne trouvez pas qu'il a suffisamment été transformé, le monde ?

– Justement.

Nour rejoint Hijra. Elle marque un arrêt. Comme une hésitation. Puis son visage s'illumine. Elle prend la bourlingueuse dans ses bras.

– Nous comptons sur vous.

– Vous me flattez.

– Nous ferons votre fortune.

– Excusez-moi, lance David en s'écartant.

Alors que les musiciens entament un ancestral rock échappé d'une époque qu'aucun invité n'a vécu, David franchit l'espace qui le sépare du trio. Le cœur battant. À mesure qu'il se rapproche, une pointe d'espoir grandit dans sa poitrine. Tout correspond. La taille. La coiffure. La silhouette. Et si…

Hijra sourit.

– Je te présente mon amie.

La combattante se retourne.

– Angela !

Jour J moins vingt ans

Échaudé par l'épisode de la cathédrale, David ne se risquait plus à l'extérieur du camp. Il n'avait alors dû son salut qu'à la chance et surtout à ses jambes qui l'avaient porté au loin, dans le labyrinthe des ruelles du centre-ville. Ses poursuivants semés, il avait mis du temps à retrouver la route du retour, tout perdu qu'il était.

De cette aventure, il avait tiré un enseignement : cette cité le rejetait. Les étrangers en étaient bannis, pour une raison qui lui échappait.

Mais avant de la quitter, l'apprenti jardinier voulait assister à sa première cueillette. Chaque soir, il arrosait les pieds de tomates qui commençaient à grimper le long des épais tuteurs. Angela lui avait apporté deux arrosoirs qu'il trimbalait dans les couloirs et les escaliers qui menaient à la terrasse. Avec la chaleur, les végétaux réclamaient de plus en plus d'eau.

D'autres plantes poussaient entre les siennes. Quand il avait voulu les arracher, Angela s'était emportée.

– T'es malade ! Il y en a pour une fortune. T'inquiète, je m'occupe de tout. À chacun sa récolte.

Puis retrouvant son calme :

– Qu'attends-tu pour foutre le camp ?
– Que ça pousse ! Et toi ? Tu devrais déjà être loin.
– Pareil.

La jeune femme développait son commerce. Sa petite entreprise tournait à plein régime. En quelques semaines, elle avait fait le tour de la ville. Elle en connaissait tous les recoins, tous les secrets, toutes les combines. Il suffisait de lui demander l'impossible pour qu'elle l'apporte le lendemain.

Un soir, elle déversa le contenu d'une valise devant David.

– Ça t'intéresse ?

Des bouquins. Des journaux. Des magazines.

– Je n'ai pas réussi à en fourguer un seul.

David explora la cargaison.

– Tu n'as rien sur le jardinage.

Il écarta les périodiques pour se concentrer sur les livres.

– Je me suis ruiné le dos. J'aurais mieux fait de tout laisser là-bas. Il y en a d'autres. Des centaines. Et même un piano.

À l'évocation de cet instrument, David sursauta. Cela faisait des années qu'il n'en avait pas entendu le son. L'espace d'un instant, il songea à Nour, à ses interminables répétitions, aux semaines précieuses qu'ils avaient passées ensemble.

– Tu peux tout prendre. C'est un cadeau.

– En quel honneur ?

– En l'honneur de ma colonne vertébrale.

Un par un, il examina les ouvrages. Des noms qu'il avait entendus dans sa jeunesse lui revinrent en mémoire. Des auteurs oubliés. Il n'avait rien lu depuis dix ans. Une éternité.

Il ouvrit le premier livre. La couverture poissait. Le papier sentait la poussière. Une sensation curieuse l'envahit. Un mélange d'excitation et de peur. Il craignait de ne plus savoir lire une phrase, de ne plus pouvoir en comprendre la signification. Les premiers mots lui sautèrent aux yeux.

Jour J moins trente ans

– Tu as franchi la ligne rouge !

À dix ans, David ne comprenait pas cette histoire de ligne rouge, mais le ton employé par Thomas n'augurait rien de bon. Les bras croisés, Sonia affichait sa mine des mauvais jours. Front plissé. Yeux acérés. Cette fois, Nour assistait à la scène, assise à côté de l'accusé.

– Nous t'avons laissé une chance, ajouta Sonia.

– Et tu nous as déçus.

David grimaça. Ses côtes le rappelaient à l'ordre dès qu'il se relâchait. Il effleura sa pommette meurtrie, humecta sa lèvre éclatée, cligna son œil enflé.

Ses assaillants ne l'avaient pas épargné. Ils s'étaient acharnés sur son ventre, à coups de pied. Un instant, il s'était vu mourir.

Son regard passait du verre d'eau qui se trouvait devant lui, à la carafe, pour se poser finalement sur le visage de Thomas. Impassible.

– Pyromane ne te suffisait pas.

– Il a fallu que tu te battes comme une vulgaire racaille.

– C'est pas ma faute. Ils m'ont attaqué.

Thomas soupira.

– La violence ne résout rien.

– Ils ne lui ont laissé aucune chance, tenta Nour.

Sonia fixa sa fille avec tristesse avant de revenir sur David.

– Dans ces conditions, nous ne pouvons plus te garder.

– Tu ne respectes rien.

– C'est pas juste, s'exclama la fillette. Il n'a rien fait.

David étouffait ses sanglots, la mâchoire serrée.

– Un bus part demain matin, trancha Thomas. Il t'amènera dans un centre de rééducation. Là-bas, tu seras bien traité. Ils feront de toi un homme. Tout est décidé.

– C'est dégueulasse, s'emporta Nour.

La claque qu'elle reçut la tétanisa. Elle se redressa prête à bondir, mais se ravisa, étourdie.

– On ne parle pas comme ça à ses parents, l'avertit Sonia en massant ses doigts rougis, perturbée par son propre geste.

– Vous êtes des monstres ! s'exclama Nour.

– Tu es très influençable, ma fille, souffla Sonia.

– Plus tard, tu nous remercieras.

David ne pouvait pas retenir ses larmes plus longtemps. Il s'effondra sur la table, la tête protégée par ses bras. Des mots dont il ne percevait pas le sens s'entrechoquaient sous son crâne. Centre. Rééducation. Bus. Chance. Homme. Il allait devoir partir. Quitter ses derniers repères. Seul contre tous. Sans personne pour l'aider ni pour le consoler. L'inconnu l'effrayait. Qu'allait-il devenir ?

Au bout d'un moment, il se redressa, un filet de morve au nez.

– Comment fera maman pour me retrouver si je m'en vais ? Je dois rester ici jusqu'à son retour.

– Elle ne reviendra pas, décréta Thomas. Le problème

est réglé.

David s'emporta. La colère venait de l'envahir.

– Tu mens. Elle reviendra me chercher. Et je lui raconterai tout ce que vous m'avez fait subir. Elle vous le fera payer.

– Ta mère t'a abandonné. Faut te le dire dans quelle langue ? Tu étais un fardeau. Elle t'a sacrifié. Tu n'existes plus pour elle. C'est fini. À cette heure, elle doit mener la belle vie. Oublie-la.

– Menteur.

D'un geste brusque, David balaya la table. Le verre explosa sur le sol. La carafe, sans doute moins fragile, se contenta de rebondir. Une flaque d'eau se forma.

– Et mon argent, vous allez me le rendre ?

– De quoi tu parles ? s'étonna Sonia, agacée.

– Maman vous a laissé des sous. Vous devez me les rendre.

Thomas s'esclaffa nerveusement.

– Cela fait longtemps qu'il ne reste plus rien de son fric. Et puis, où tu vas, tu n'en auras pas besoin.

– Et ma console ?

– Vendue pour payer ton pain.

– Voleurs.

– Tu ferais mieux de préparer tes affaires.

Jour J moins quatre semaines

En vingt ans, Angela n'a pas changé. Ou si peu. Elle affiche toujours le même regard affûté, la même détermination. Seules de discrètes pattes d'oie viennent trahir son âge.

Le couple qu'elle forme avec Hijra est atypique. Du fait de leur taille. Du fait de leur différence d'âge. Elles se sont croisées dans un bar. La ville en compte désormais plusieurs dizaines. Il y en a pour tous les goûts. Du simple troquet au pub branché, en passant par la brasserie. Ces dernières années, les terrasses ont poussé comme des champignons. Un signe rassurant, paraît-il.

Angela venait d'arriver. Elle cherchait un pied-à-terre pour poser ses valises, ailleurs qu'à l'hôtel. Hijra traversait une phase d'abattement. Les doutes l'assaillaient. Les hormones la titillaient. Elles se sont tout de suite plu. Un coup de foudre, en quelque sorte.

Le soir de la fête d'Omar, David ne peut pas s'empêcher de serrer son amie dans ses bras. Angela est de retour. Son Angela. Il la taquine, lui reproche de ne pas l'avoir contacté pendant toutes ces années. Il la harcèle de questions. Il voudrait tout savoir. Ce qu'elle a fait. Où elle est allée. Ils ont tant à se dire.

Auprès d'Angela, David n'a jamais ressenti la moindre équivoque. Dès le début, elle avait mis les points sur les « i ». Pas de séduction entre eux. Et cela lui convenait parfaitement. À l'époque, David entretenait des rapports difficiles avec ses congénères. Ses expériences l'incitaient à se méfier. Dans les camps, l'ami d'un jour pouvait se transformer en traître, à la première occasion. Il ne pouvait compter que sur lui-même.

Après la surprise des retrouvailles, David jauge la revenante. Son retour l'intrigue. Les prétextes qu'elle fournit ne sont pas convaincants. L'envie de se poser après des années d'errance. Le besoin de faire une pause dans sa vie tumultueuse. La fatigue. Depuis longtemps, elle cherche un endroit. Pourquoi pas ici ? Avec le recul, elle reconnaît que, finalement, cette ville lui convient. Sur le coup, David n'essaie pas de la contredire. L'ambiance festive ne se prête pas à la discussion.

Deux jours plus tard, ils se donnent rendez-vous au potager. Un lieu idéal pour échanger, à l'écart, entre deux rangées de légumes. Mais Angela se montre méfiante. Tout lui paraît suspect. Les lampadaires. Les tuyaux d'arrosage. Les tuteurs. Les pots de fleurs inutilisés. Elle les vérifie, les contrôle, les retourne, les déplace. Cette paranoïa intrigue David.

– Ils sont partout, prétend-elle.

Puis elle change de sujet. Les jardins la surprennent. Les anciennes constructions ont disparu. Le centre commercial s'est volatilisé. La terre remplace désormais le bitume.

– Tout a été recyclé, commente David. Les traces du passé ont été effacées. On a tout fait péter à la dynamite. C'était un beau spectacle. On a organisé une grande fête à cette occasion. Mais il reste beaucoup à faire dans les autres quartiers. Cela prendra du temps.

– Tu n'es pas près de partir alors.

Lorsque le projet de réhabilitation avait été lancé, David s'était porté volontaire. Il avait appris à manier la tractopelle et à conduire des camions, renonçant ainsi à ses rêves d'ailleurs.

Il retourne un seau pour s'y asseoir avant d'inviter son amie à l'imiter. La végétation les protège. Personne ne peut les espionner.

– C'est sérieux avec Hijra ? demande-t-il.

– L'avenir le dira.

– Elle est fragile.

Une tronçonneuse s'affaire dans le lointain. Omar est en train d'abattre un vieux platane rachitique qui avait survécu aux événements. À l'origine, planté au centre d'un vaste parking, il n'avait jamais réussi à se développer. Rongé par la pollution. Creusé par les maladies. Pourtant il tenait debout, affrontant les éléments. La dernière tempête avait eu raison de sa résistance. Sa principale branche menaçait de tomber. Il fallait trancher dans le vif.

– Tu comptes rester dans le coin ?

En guise de réponse, Angela lève les yeux au ciel. Ici ou ailleurs, quelle différence ? Elle a traversé suffisamment d'endroits pour savoir qu'aucun n'est parfait. Il manque toujours quelque chose d'essentiel. La chaleur. Des amis. Une maison.

– Tu te ramollis.

Une poignée de moineaux profite de l'occasion pour venir sautiller au pied de David. Une habitude qu'il a gardée de son enfance. Il reste souvent des miettes de pain ou de gâteau à se partager. Les plus téméraires picorent dans sa main.

– Je suis en mission.

À ces mots, David imagine son amie en agent secret.

Dans des rôles divers. En femme fatale. Toujours sur la brèche. En casse-cou capable de sauter d'un hélicoptère pour plonger dans des eaux troubles. En skieuse hors pair qui sème ses poursuivants en se lançant dans le vide, du haut d'une falaise. En pilote d'avion ou en commandante de sous-marin. En tireuse d'élite. En meneuse d'hommes. Toujours prête à bondir sur son adversaire.

Autant de situations extraites des films qu'il visionnait dans son enfance lorsque sa mère cherchait à l'occuper. Elle le plaçait devant un écran pendant des heures. Des journées entières à se gaver d'images hypnotiques. Dix fois, il pouvait revoir le même long-métrage, et dix fois il pouvait s'en émerveiller.

– Il y a quelques années, commence Angela, un accord a été passé entre les milliardaires, les religieux et les mafieux, tous aussi vieux les uns que les autres. Ils ont décidé d'unir leurs forces pour reprendre le contrôle. Ils n'ont jamais digéré leur exil.

La tronçonneuse s'est tue. Un nouvel arbre viendra remplacer le platane dès cet automne. David adore planter. Creuser la terre. Poser la motte. Remettre la terre. La tasser. Arroser. Attendre. Surveiller les premiers bourgeons. S'extasier. Planter reste pour lui un acte essentiel. Un pari sur l'avenir. Un message aux générations futures. Un passage de relais. À chaque fois, l'émotion lui serre la gorge.

– Leurs méthodes ont évolué. Ils ne sont pas restés les bras croisés sans rien faire. Ils rêvent d'invasions, de voyages dans les étoiles et même d'immortalité. Ils utilisent la technologie pour prolonger leur vie. On ne compte plus les centenaires. Certains ont dépassé les cent trente ans. Avec leurs organes artificiels et leur puissance décuplée, ils se prennent pour des dieux. Des puces sont implantées dans leur cerveau pour augmenter leurs capacités. Elles ne les empêchent pas de s'ennuyer sur leurs petites îles, entourés de larbins.

Angela reprend son souffle, peu habituée à parler aussi longtemps. Jadis, elle se contentait de quelques mots pour exprimer sa pensée. Ses silences pesaient lourd. Un seul de ses regards remplaçait un long discours.

– Ils passent leur temps à élaborer des projets de reconquête. Jusqu'ici, aucun n'a tenu la route. Un grain de sable est toujours venu gripper la machine. Cette fois, leur dernier plan est inquiétant. C'est sérieux.

David attend la suite. Ces histoires d'îles flottantes, d'immortalité et de voyages dans les étoiles l'amusent.

– Grâce à leur accord, ils peuvent y arriver.

Il imagine la scène. Des milliardaires décrépis. Des religieux ratatinés. Des truands usés. Réunis autour d'une table. Chacun croyant disposer d'une once de puissance. Autant de personnages pathétiques, sortis d'un cauchemar.

David ne croit pas à ces sornettes. Pourquoi voudraient-ils quitter leur refuge ? Pour le pouvoir ? Pour l'argent ? Pour la gloire ? À supposer qu'ils existent. De telles fables courent depuis toujours. Mais aucune preuve n'est jamais venue les étayer.

– Ils ont envoyé des émissaires chargés d'établir le contact avec des individus influents qui seront capables de manipuler les foules le moment propice.

David sourit. Un rouge-gorge vient de se poser sur son pied. Il n'ose plus bouger par peur d'effrayer son frêle compagnon.

– Ta mère en est un.

Cette révélation ne le surprend pas.

– Ma mission consiste à la surveiller.

L'oiseau s'envole. Comme s'il avait tout compris.

– Cette femme n'est pas ma mère.

Angela soupire.

– Qu'elle le soit ou non, et je crois qu'elle l'est, ce n'est pas le problème. Elle est entrée en relation avec certaines personnes. L'une d'elles était d'ailleurs invitée à la fête de ton ami Omar, l'autre soir. Tu avais l'air de bien t'entendre avec elle.

– Elle s'est invitée toute seule.

Rebecca Latour ne s'était pas éternisée à la soirée. Elle s'était contentée de papillonner au milieu des mâles éméchés, un verre à la main, et un sourire énigmatique aux lèvres.

– Tu devrais te méfier de cette femme, lui conseille Angela.

– Je me méfie de tout le monde. Elle, ma soi-disant mère. Toi. Qui t'a envoyée ? Des services secrets ? Un gouvernement quelconque ? Une secte ? En fait, je m'en fous. Je veux seulement vivre tranquillement avec ma famille, loin de tout ce cirque.

– Tu es impliqué, malgré toi.

– Je refuse cette implication. Je n'ai rien demandé.

Angela est déçue. Elle attendait une autre réaction de la part de son ancien coloc.

– Le processus est enclenché. Quelques bombinettes ont explosé pour faire peur aux gens.

– Comme celle de la centrale ?

– C'est la première étape.

David se lève brusquement. Il ressent le besoin de remuer ses membres, de se dégourdir les jambes. Il étire ses bras en arrière.

– Et la deuxième ? demande-t-il.

– Les ordinateurs sont infectés par un virus. Lorsque le signal attendu se déclenchera, tout s'arrêtera. L'électricité. L'eau. Les communications. Les transports. Les robots. Plus rien ne fonctionnera. Ce sera le chaos généralisé. Les puissants proposeront alors leur technologie. Nul ne prendra le risque de la refuser pour régresser de plusieurs siècles. Ils se préparent depuis longtemps. Si on ne fait rien, ils reviendront.

L'après-midi est bien avancé. Des pastèques restent à ramasser pour le marché de demain. David a promis d'en ramener une aux jumelles qui en sont friandes.

– Tu bosses pour la fédération ? tente David.

– Ça va pas ! Pour qui tu me prends ? Je ne bosse pour personne. Je défends une cause. Je crois en un monde meilleur. Ta fédération est pourrie par la corruption. Elle s'effondrera quand nous l'aurons décidé.

– Qui ça « nous » ?

– Le peuple et non pas une poignée de nantis qui ne cherchent qu'à rétablir leur ancien régime. Pendant toutes ces années, j'ai vu des malheureux souffrir, d'autres crever de faim. À l'extérieur des villes, la vie n'est pas facile.

En vingt ans, David n'a jamais franchi les portes de la cité. Par peur. Par indifférence. Par ignorance. Par égoïsme.

– Et ces fichues îles ? s'étonne-t-il. Tu y es allée ? Tu les as vues ?

– On s'en fout des îles. Si elles existent, nous les coulerons. Il faut arrêter avec toutes ces conneries.

Angela se relève. Une ombre passe sur son visage, pour

aussitôt disparaître quand elle aperçoit Hijra qui s'approche en chantonnant.

– Elle tient à toi, conclut David. Ne la déçois pas. Ne l'embarque pas dans tes luttes.

Jour J moins trente ans

Le grillage résistait mieux que prévu. Trop raide. Trop gros. Trop dur. David devait utiliser ses deux mains, pour cisailler les mailles, profitant de la pleine lune qui l'éclairait. Surpris par le froid. Depuis le temps qu'il faisait beau, il n'avait pas su anticiper ce changement brutal de température. De toute façon, il ne savait pas où se trouvaient ses gants. Dans un carton ? Dans les vestiges du chalet calciné ?

Il avait attendu que la maisonnée s'endorme avant de récupérer la pince coupante de Thomas. Puis il s'était glissé à l'extérieur. Dans son sac à dos, il avait mis son duvet, un paquet de gâteaux, un couteau, une pelote de ficelle et sa gourde remplie d'eau.

David n'avait pas l'intention de grimper dans ce bus. La décision s'était imposée d'elle-même. Il devait partir tout de suite. Quitter le camp. Afin de rester dans les parages en prévision du retour de sa mère. Thomas lui avait menti.

Les adultes mentaient. Ils essayaient toujours d'embarquer les enfants dans de sombres aventures. David n'était pas dupe. Il avait compris leur manège.

Accroupi dans le sable, il s'acharnait sur le grillage en grimaçant. Les séquelles de son agression continuaient à le gêner. N'importe quel gosse se serait blotti dans un coin pour sangloter. Pas lui. Il n'avait plus envie de pleurer. Ses larmes s'étaient asséchées. La source s'était tarie. La colère le guidait. La rage le rendait plus fort. Il se sentait invulnérable.

Un quart d'heure plus tard, il se tenait de l'autre côté de la clôture. En passant dans la brèche, il s'était éraflé le bras. Pas question de se plaindre. Il fallait avancer.

Rapidement, il s'engagea dans le sentier qui menait à la plage. Ses pieds s'enfonçaient dans le sable glacé. De part et d'autre, d'étranges plantes piquantes l'empêchaient de s'écarter du chemin. De longues tiges ployaient. Des feuilles se courbaient. Plus loin, l'obscurité englobait tout. Un monde inconnu l'entourait. Peuplé de créatures inquiétantes. Des serpents géants. Des fauves aux dents acérées. Des zombies. Des spectres. Des nuées de chauves-souris, assoiffées de sang.

À plusieurs reprises, il crut percevoir un bruit. Un frôlement. Une branche qui craque. Un souffle. Une présence. Quelque chose l'épiait. Une bête immonde s'apprêtait à fondre sur lui.

Il se mit alors à courir. Le plus rapidement possible. Afin d'échapper au monstre. Ses pieds tapaient le sol. Son cœur bondissait dans sa poitrine. Ses poumons brûlaient. Et cette peur qui le poussait, l'obligeait à foncer de plus en plus vite. Une frayeur comme il n'en avait jamais connu. Terrible. Irrationnelle.

Enfin, une plage assagie l'accueillit. Paisible. D'inoffensives vaguelettes venaient y mourir sous un ciel étoilé. David put récupérer, reprendre son souffle. Le danger s'était éloigné. Provisoirement. Plus rien ne pouvait lui arriver.

Sans attendre, il prit sur la gauche avec la volonté de s'éloigner le plus possible du camp. Il hésitait pourtant à suivre son plan : marcher dans la mer pour ne pas laisser de traces derrière lui. Disparaître. Car l'eau continuait à le perturber. Surtout quand elle était froide.

À cette heure, aucune mouette ne criait. Seul le clapotis des vagues venait troubler le silence. David imaginait des mondes engloutis. Les pieuvres. Les dauphins. Les requins. Sans oublier les gigantesques baleines. Les orques. Et tous ces géants qui peuplaient les rêves des enfants.

Pour la première fois de sa courte vie, il était livré à lui-même. Éloigné de tout être humain. Sans adulte pour le commander. Il pouvait aller à sa guise, faire ce qu'il désirait. Chanter à tue-tête. Courir jusqu'à perdre haleine. Il réprima un cri de peur d'alerter quelqu'un. Ce cri aurait été de joie. Il voulait hurler, montrer aux étoiles qu'il était vivant. Et libre. De cette liberté que rien n'entrave.

Plus loin, il s'arrêta. Le temps d'avaler ses gâteaux et de vider la moitié de son eau. Engourdi par le froid, il se força à repartir. La nuit n'était pas terminée.

À mesure qu'il avançait, la lune s'élevait dans le ciel. Un disque parfait qui se trouvait tantôt devant, tantôt à droite. David s'inquiétait. Suivre le rivage l'obligeait à changer de direction régulièrement. Mais finalement, sans destination définie, cela n'avait pas d'importance. Tant que le centre de vacances restait dans son dos. Il pouvait marcher des heures ainsi. Et pourquoi pas des jours ?

Il regrettait de ne pas avoir pu informer Nour de son départ. Il aurait dû lui expliquer sa décision, lui dire qu'elle n'était pas responsable. Il lui aurait pris les mains pour y poser ses lèvres. Un geste inédit. Peut-être l'aurait il embrassée ? Plusieurs fois, il avait eu envie de le faire, sans jamais oser. Même s'il ne comprenait pas pourquoi. Au cours des dernières semaines, il avait ressenti une certaine gêne quand elle l'approchait. Une sensation étrange. Éloignée de tout ce qu'il avait éprouvé jusque-là.

David ne savait pas qu'une nuit pouvait durer aussi

longtemps. Plus il avançait, et plus le froid se faisait vif. La faim commença bientôt à le tenailler.

Un petit vent se leva, balayant la plage et transperçant les vêtements. Des grains lui piquèrent la peau.

Au pied d'une dune, il s'écroula dans un trou, engourdi. Il voulait faire une pause, reprendre des forces.

Gorgée après gorgée, il vida ensuite sa gourde jusqu'à la dernière goutte.

Jour J moins quatre semaines

Un robot ne peut pas mentir. Ses circuits l'en empêchent. Il est programmé pour aider les humains. Pour les servir. Pour les protéger. Pour résoudre leurs problèmes. Les robots démantèlent les anciennes centrales nucléaires, déconstruisent les tours, fabriquent des navettes, s'occupent des personnes vulnérables, extraient le minerai. Ils sont capables d'accomplir une multitude de tâches. Il semblerait que certains soient même allés dans l'espace.

Mais ils ne peuvent pas mentir.

Encore faut-il leur poser la bonne question.

– As-tu été infecté par un ou plusieurs virus ?

Contrairement, aux humains, Hugo ne tergiverse pas.

– Je suis infecté par cinq virus.

David n'en croit pas ses oreilles. Cinq virus. Et pourquoi pas dix ou vingt ?

– Ton antivirus ne les a pas détectés ?

– Il est obsolète. Je te l'ai signalé, mais la mise à jour n'a pas été faite.

En principe, David reçoit un message d'alerte sur son bracelet connecté. Mais cela fait belle lurette qu'il ne l'utilise plus. L'appareil a dû se décharger dans la salle de bain, ou ailleurs.

Par ailleurs, les derniers événements l'ont perturbé. Le

retour de sa soi-disant mère. Celui d'Angela. Les doutes. Les questions. Les incertitudes. Les manigances de Rebecca Latour. À force de penser aux autres, David a oublié l'essentiel. Préserver les siens. Les jumelles. Nour. Et cela passe par une sécurité maximale.

Sa négligence risque de leur coûter cher.

Malgré la position qu'il occupe au sein de la famille, Hugo reste une machine. Un assemblage de circuits et de pièces mécaniques. À l'instar du lave-vaisselle et de l'aspirateur. Et une machine nécessite un minimum d'entretien.

Dans un tel cas, David apporte son robot chez Omar qui n'a pas son pareil pour remplacer un organe défectueux ou une puce grillée. Son atelier ressemble à une quincaillerie, avec ses câbles qui traînent partout, ses écrous, ses fers à souder. Une collection de têtes décapitées, alignées sur une étagère, accueille le visiteur. Alors que des membres arrachés, pendus au plafond, cliquettent au moindre courant d'air. Sur l'établi, un torse désossé attend son légiste.

Comme à chaque fois, David ne peut s'empêcher de ressentir un malaise en découvrant ce spectacle. Et ce n'est pas la musique assourdissante qu'écoute son ami qui risque de l'apaiser. Des morceaux d'une époque qu'il n'a pas vécue. Des rythmes endiablés. Des sons tropicaux.

Omar arbore une chemisette à fleurs et un bermuda. La tenue fétiche qu'il porte en été. Il connaît bien les îles, pour y être né. Mais la sienne, située au nord et constituée de lave, offrait peu de place à la baignade. Recouverte de neige neuf mois par an. Un vrai paradis pour les phoques, à l'époque.

Omar promet de s'occuper de Hugo avec doigté. Comme d'habitude. Les cinq virus l'interpellent. Cela fait beaucoup. Il sermonne David pour sa négligence avant de se lancer dans une danse décousue, un tournevis dans une main et une clé à molette dans l'autre.

– C'est pas tout, ajoute David. J'ai un autre service à te demander.

– Quoi ?

– Parmi tes relations, tu ne connaîtrais pas un spécialiste en ADN par hasard ?

– Ça doit pouvoir se trouver.

De sa poche, David sort une enveloppe qu'il tend à son ami.

– Des cheveux ? s'étonne Omar après avoir jeté un œil à l'intérieur.

– Qu'il faudrait comparer aux miens. Je veux en avoir le cœur net.

Les jumelles ne se sont pas fait prier pour récupérer une mèche de leur prétendue grand-mère. Pendant que Clara détournait son attention, Fanny jouait du ciseau. Une opération rondement menée.

– No problemo. Laisse-moi quelques jours.

Jour J moins trente ans

Le froid s'était intensifié. La neige était annoncée. Dans des films, il en avait déjà vu, dans la vraie vie, jamais. C'étaient toujours des histoires de Noël. Pleines de bons sentiments et de flocons. Des fables qui se terminaient bien.

David n'avait jamais cru au père Noël. Catherine lui avait interdit de rêver. La vie n'est pas un rêve, disait-elle, mais un combat permanent. Les rêves ramollissaient ceux qui les faisaient.

Devant son car, le chauffeur fumait une cigarette pour se réchauffer. Le moteur tournait. L'heure du départ approchait. À l'intérieur, des enfants patientaient, peu pressés de s'envoler vers une destination inconnue. L'incompréhension, la peur se lisaient sur leur visage.

À une autre époque, un tel attelage était synonyme de ramassage scolaire. Les écoliers partaient tôt le matin et revenaient le soir, après leur journée d'apprentissage. Aucun retour n'était prévu dans le cas présent.

David n'en menait pas large. Ses jambes le portaient à peine. La langue baveuse d'un molosse l'avait réveillé, dans la grisaille du petit matin. Sans cet animal, il serait sans doute resté sur cette plage. Les vagues auraient peut-être fini par l'emporter. Personne ne l'aurait jamais retrouvé.

Le propriétaire du chien, un homme bourru, l'avait ramené au centre de vacances en pestant contre ces réfugiés qui ne savaient pas se contenter des aides que la trop généreuse administration leur allouait.

David s'était défendu comme il avait pu, mais la poigne de son *sauveur* avait eu raison de sa résistance. Sa longue marche ne l'avait pas mené loin, quelques kilomètres, tout au plus.

Son sac à dos jeté dans la soute, le jeune fugitif devait se rendre à l'évidence. Ses minutes de liberté étaient comptées. Quelque part, une place l'attendait dans un camp de rééducation.

Dans un ultime espoir, Nour qui le tenait à côté de lui, continuait à le soutenir. Pourquoi ne pas attendre le prochain départ ? Pourquoi ne pas lui laisser le temps de se rétablir ? Elle réclamait un délai. Quelques jours de répit. Mais ses parents se montraient intraitables.

Le sauvageon devait partir tout de suite. Il devait grimper dans ce véhicule et disparaître de leur vie pour toujours. Leur confiance avait été bafouée.

La confiance. Comment pouvaient-ils parler de confiance ? Eux qui avaient trompé un gosse. David leur en voulait. Il en voulait d'ailleurs à tous les adultes. Ils avaient profité de lui. Ils lui avaient fait croire qu'une autre vie était possible. Ils l'avaient endormi avec de belles paroles et de faux sentiments. Ils l'avaient trahi.

En guise d'apaisement, David prit les mains de son amie. Il lui promit de revenir. Elle lui promit de l'attendre. Pour la première fois, il la serra dans ses bras du plus fort qu'il pouvait. Puis il déposa un tendre baiser sur cette joue glacée inondée de larmes.

Toute sa vie, il se souviendrait de cet instant.

Jour J moins trois semaines

Cela fait sept jours qu'Omar n'est pas venu travailler, officiellement pour raison de santé. Il souffrirait d'un mal de dos. David n'est pas dupe. Son ami n'a jamais été malade.

Mais les pastèques mûrissent. La main-d'œuvre se raréfie. Un appel à volontaires, pour le moment sans succès, a été lancé.

De leur côté, les jumelles commencent à s'impatienter. Hugo leur manque. Sa présence. Ses jeux. Son humour. Elles le réclament à cor et à cri.

Après sa journée de labeur, David saute dans une navette. Il veut en avoir le cœur net. Une semaine pour réparer un robot lui semble beaucoup. Omar va devoir s'expliquer.

Tandis que l'engin s'élève, il aperçoit la cathédrale, dans le lointain. Les tours. Le clocher. L'édifice majestueux a traversé les siècles, insensible aux hommes qui se sont pressés sous ses voûtes. Elle a survécu aux incendies, aux massacres, aux révolutions et aux guerres. Elle y a laissé quelques plumes. Des statues ont perdu leur tête. Des vitraux ont éclaté. Les pierres ont noirci. Mais elle tient toujours debout.

La navette vire sur la gauche et la cathédrale disparaît.

Tout autour de la ville, des éoliennes ont été implantées. Une ceinture destinée à fournir les habitants en électricité. Une énergie propre qui ne plaît pas à tout le monde. La centrale à charbon va donc rouvrir. Le tram pourra circuler un jour. Emmanuel Ambroise a obtenu gain de cause. Il en a profité pour présenter sa candidature à la mairie, soutenu par un ensemble hétéroclite d'associations qui prônent un retour aux vraies valeurs ainsi qu'une réduction de l'immigration. Un discours bien huilé qui a souvent fait ses preuves.

Et plus loin, au-delà des champs d'éoliennes. Qu'y a-t-il ? Des fermes. Des cultures. De la misère. Rien de bien réjouissant. Dans la presse, il est parfois question de bandes armées aux idéologies variées qui pillent les campagnes. Le pouvoir de la fédération reste limité aux principales villes. Ailleurs, la loi du plus fort règne.

À bien y réfléchir, la théorie d'Angela tient debout. Le fruit est mûr. Un simple courant d'air peut le faire tomber. Pourquoi pas un virus ?

David imagine Hugo, disloqué, sur l'établi d'Omar, avec des câbles qui lui sortent du crâne. Une vision cauchemardesque. Quand il arrive à destination, le robot est en train de jouer avec une douzaine de gosses, un chapeau sur la tête et un manche à balai à la main. Il tient le rôle du méchant alien qui tente de massacrer les gentils terriens.

Omar, qui se porte comme un charme, le reçoit dans son atelier, en se grattant le dos à l'aide d'un bras amputé.

– C'est trop bon, dit-il en souriant.

– Tu as passé de bonnes vacances ?

– Des vacances ? Tu parles. Je suis débordé.

– À ce point-là ?

– J'ai inventé un nouveau cocktail. Tu veux goûter ?

– Plus tard. Mais encore ?

– J'ai fait du baby-sitting. C'est épuisant.

Omar s'écroule sur une chaise, subitement abattu. Il examine le bras qu'il tient toujours à la main, à la recherche d'un futur usage.

– Accessoirement, j'ai étudié ton problème, poursuit-il. Pour résumer la situation, je dois reconnaître qu'on est dans la merde. Sur les cinq virus détectés, deux s'avèrent inoffensifs. Les trois autres m'intriguent. On dirait qu'ils ont été implantés récemment.

En une fraction de seconde, il se redresse pour arpenter son atelier à grandes enjambées. Sur un établi, il abandonne le bras au milieu d'un fatras d'objets disparates.

– Du gingembre. Voilà ce qu'il manque. Tu veux toujours pas goûter à mon cocktail ?

Il s'arrête devant un évier plein de vaisselles, s'empare d'une chope pour la rincer au robinet.

– Et ces virus ? demande David.

– J'ai vérifié. Ils sont partout. Dans mes ordis. Dans le réseau. Dans les bracelets. Et même dans la cafetière. Tous les appareils connectés sont infectés.

Omar ouvre des portes, explore des placards. Il en extrait des bouteilles qu'il examine avant de verser une partie de leur contenu dans le verre.

– Ils se déclenchent comment ? insiste David.

– Par un signal extérieur, je suppose. Il peut y avoir un compte à rebours, une date programmée ou les deux. J'ai fait appel à mes potes. Ils sont tous mobilisés. Ceux qui ont codé ces saloperies ne sont pas des amateurs. On va devoir mettre le paquet. Dès que le processus sera lancé, plus rien ne pourra l'arrêter.

Au hasard des trouvailles du barman, la chope se remplit de liquides variés. Les couleurs se superposent.

– Tiens, fait-il en tendant le verre. Goûte-moi ça.

Peu enclin à jouer au cobaye, David s'empare pourtant de la mixture.

– Quelles seront les conséquences ? grimace-t-il.

– Pas grand-chose. Une simple réinitialisation des circuits. Un gros bordel en perspective.

Du bout des lèvres, David goûte au mélange. Surpris. Une agréable sensation enveloppe sa langue.

– Pas mal ton truc, se sent-il obligé d'admettre. Tu as du nouveau pour l'ADN ?

– Tu parles ! Les tifs sont synthétiques. J'aurais pu vérifier avant de les envoyer. Cela m'aurait évité de passer pour un guignol.

– Je m'en doutais, ce n'est pas une vraie femme.

– Elle peut aussi porter une perruque.

Prélever un nouvel échantillon sur Catherine s'annonce difficile, personne ne pouvant pénétrer dans sa chambre. Il va falloir jouer serré, trouver un stratagème, élaborer un plan.

– Par contre, reprend Omar, une anomalie a été détectée dans le tien. On dirait qu'il a été bidouillé.

– Bidouillé ?

– Ils n'ont pas pu m'en dire davantage.

Jour J moins vingt ans

En quelques jours, le centre commercial s'était vidé. Les réfugiés s'étaient éparpillés dans la ville. D'autres étaient tout simplement partis vers de nouvelles contrées soi-disant accueillantes. Une minorité était rentrée chez elle, prenant le risque de ne rien retrouver de sa vie antérieure.

David avait profité du départ de ses voisins pour prendre ses aises. La bruyante famille s'était évaporée. Cela se produisait souvent. Un beau matin, on découvrait que cet homme ou cette femme qu'on croisait tous les jours depuis des mois, s'était volatilisé, sans prévenir.

David et Angela disposaient désormais d'un logement décent. Une chambre chacun. Un coin cuisine. Des toilettes. Un luxe par rapport à ce qu'ils avaient connu au cours de leurs différentes pérégrinations. Des palettes de bois séparaient les pièces. Seule ombre au tableau : l'absence de fenêtre. Un malheureux soupirail leur apportait un semblant de clarté.

Les journées de David se partageaient entre la terrasse et le canapé où il se vautrait pour dévorer les livres qu'Angela lui rapportait. Conscient de ses lacunes, il cherchait à rattraper le temps perdu. Dix ans. Une paille. Un beau gâchis !

Sa voracité ne se limitait pas à la littérature. Tous les sujets l'intéressaient. Il passait allègrement de l'astronomie à la botanique, de la géographie à la philosophie et de l'histoire à la physique quantique.

Ce jour-là, David butait sur un atlas de géopolitique. Il était question de guerres, de religions, de terrorisme et de traités bafoués. Ces ingrédients constituaient un cocktail explosif quand ils entraient en contact. Une simple étincelle pouvait déclencher des conflits inextricables. Des hommes se battaient pour défendre leur terre ou leur dieu. Autant de notions que David ne comprenait pas, n'ayant jamais possédé quoi que ce soit, ni cru en qui que ce soit.

Il en était à ce stade de sa réflexion lorsque son cerveau fut stimulé par une mélodie. Cela faisait des lustres que David n'en avait pas entendu. Des rythmes saturés, crachotés par un crincrin, lui avaient souvent agressé les oreilles au détour d'une allée de la galerie marchande. Parfois même, une soirée était organisée, à l'occasion d'un anniversaire ou d'une quelconque célébration. Mais jamais encore ici il n'avait écouté de véritable musique. Audible. Agréable. Douce.

Dès les premières notes, ses neurones s'agitèrent. Il connaissait cet air. Une mazurka de Chopin. En une fraction de seconde, tout lui revint. Le bungalow. Le piano électronique. Et, surtout, la pianiste. Les heures passées à écouter. Les livres. La légèreté de l'instant. Son départ. La promesse.

La géopolitique pouvait attendre. Il abandonna sa lecture, quitta le canapé pour remonter le fil des notes. À mesure qu'il avançait, le son augmentait, son cœur s'emballait, son appréhension grandissait. Mille fois, il avait cru au miracle. Et mille fois, il avait été déçu, bercé par ses illusions.

Après un temps d'arrêt destiné à l'apaiser, David identifia l'origine des sons : un local où il n'avait jamais mis les pieds. Une alcôve isolée devant laquelle il passait chaque jour pour se rendre sur la terrasse.

Au sein du camp, chacun respectait l'intimité de ses

semblables. Personne ne pouvait pénétrer chez son voisin sans invitation. Ceux qui transgressaient cette règle vivaient un sale quart d'heure. Le dernier contrevenant avait été expulsé manu militari après un passage à tabac en bonne et due forme. Il n'avait dû son salut qu'à l'indulgence de ses bourreaux et à la chance.

Poussé par la curiosité, David passa outre. Une grande pièce l'accueillit. Un refuge aux murs recouverts de tentures et au sol camouflé sous d'épais tapis. Deux fauteuils. Une table basse occupait le centre.

Tournant le dos au visiteur, une femme à la chevelure flamboyante s'affairait sur un vieux piano. Ses doigts couraient sur le clavier.

– Nour !

Nour

Jour J moins vingt-cinq ans

Nour s'approcha du demi-queue, soutenue par sa béquille. Jamais encore, l'adolescente qu'elle était devenue n'avait vu un tel instrument. Noir. Verni. Aux touches immaculées. À croire qu'il avait été placé là pour elle. Un miracle.

Après un pénible trajet de trois heures à bord d'un wagon bondé, sans chauffage, malgré le froid qui sévissait à l'extérieur, elle attendait le prochain convoi. En retard, comme le voulait la tradition.

Les rares trains qui circulaient prenaient leur temps, constamment prêts à s'arrêter en rase campagne, bloqués par un arbre abattu ou une vache récalcitrante. Les horaires n'étaient plus respectés depuis de nombreuses années.

Au prétexte de se dégourdir les jambes, elle avait laissé son père sur le quai avec une mission : surveiller les bagages. Un moyen comme un autre de prendre un peu l'air.

Une nouvelle existence l'attendait là-bas, sur les bancs de l'université, dans une ville qui avait échappé à la tourmente. Pour combien de temps encore ? Nul ne pouvait le prévoir. Toujours est-il qu'une vie d'apprentissage, de lectures, de découvertes, d'échanges s'annonçait. Comme elle en avait toujours rêvé.

Dès qu'elle avait émis le souhait de s'éloigner de lui pour suivre des études, son père s'était efforcé de la retenir, usant des armes les plus grossières. Le chantage affectif. Les menaces. Le dénigrement. L'indifférence. Pour finalement choisir de l'accompagner, au dernier moment.

Nour n'avait pas eu le choix. À chaque fois, elle redevenait la petite fille de jadis. Manipulée. Écartelée entre sa soif de liberté et les exigences de Thomas. Hantée par les souvenirs. Paralysée par la peur. Elle se faisait une raison, acceptait l'inacceptable, en se persuadant que ce n'était pas plus mal.

Après avoir posé la béquille contre le piano, elle caressa le clavier de sa main droite. La valide. Celle qui n'avait pas été reconstruite par les chirurgiens. Autour d'elle, des passagers transis, en transit, erraient, l'âme en peine, passant du parvis verglacé à la salle des pas perdus. Des enfants chahutaient. Mais la plupart des individus prenaient leur mal en patience, éparpillés au hasard des emplacements disponibles.

Dans l'indifférence générale, Nour enfonça une touche. Le *la* résonna dans la gare. Un son parfait. Un *mi* le rejoignit. Aussitôt suivi par un *sol*. L'instrument était accordé.

Cet édifice ne ressemblait pas à l'endroit sordide, planté au milieu de nulle part, battu par les vents, qu'elle avait souvent imaginé. Un marchand de journaux vendait ses feuilles de chou, des nouvelles éculées, des magazines jaunis. Une boutique proposait des sandwichs rebutants, des salades flétries et des boissons à l'origine mystérieuse. Ce lieu offrait un spectacle hors norme. Avec ses fresques gigantesques, ses statues, sa verrière, son dôme que personne ne prenait plus la peine de contempler. Cette gare semblait tout droit sortie d'une autre époque, d'un monde où les architectes tentaient d'embellir leurs constructions.

Nour n'avait pas approché un véritable piano depuis le conservatoire. De cette période d'apprentissage, elle gardait un souvenir enchanteur. L'enfance. L'insouciance. Le plaisir de jouer. Les rêves de concertiste.

Elle se hissa sur le tabouret. Ses doigts se posèrent sur les touches blanches. Une posture que son corps n'avait pas oubliée.

Son pied droit enfonça la pédale. Le tiraillement qui handicapait sa jambe la rappela à l'ordre. Pendant longtemps, elle s'était crue incapable d'apprécier de nouveau la musique. La moindre mélodie la torturait. Des images d'horreur lui revenaient sans cesse en mémoire. Puis elle s'était habituée. Elle avait appris à dompter ses démons. Elle pouvait presque écouter un morceau sans pleurer.

Elle commença par un exercice simple, destiné à développer sa vélocité. Une série de notes exécutées en parallèle par les deux mains. La droite retrouva ses réflexes. La gauche faisait ce qu'elle pouvait. Moins raide que prévu. Une nouvelle position pouvait compenser le manque de souplesse.

Elle enchaîna avec un morceau de débutant qu'elle joua difficilement. En quelques années, elle avait beaucoup perdu. Ses doigts ne couraient plus sur le clavier comme jadis.

Du tréfonds de sa mémoire embrumée surgirent des mesures oubliées. Des musiques de son enfance. Peu à peu, ses articulations se dérouillèrent. Son esprit s'éleva, emporté par le plaisir.

Jour J moins vingt ans

Il n'en croyait pas ses yeux. Nour se tenait là, face à lui. Au son de sa voix, elle s'était levée, retournée, le visage illuminé par un sourire.

– David ! Je t'attendais.

Ce n'était plus la fillette d'il y avait dix ans, mais une femme. Son regard s'était durci. Ses traits s'étaient affinés. Sa taille aussi. Sa poitrine s'était développée. Seule sa chevelure de feu restait fidèle à son souvenir.

Elle portait une sorte de long peignoir. Un kimono. Peut-être de la soie, ou du satin. Il s'agissait en tout cas d'une matière douce et brillante. David n'en avait pas vu depuis longtemps. Blanche. Lumineuse. Des ramages multicolores s'entremêlaient.

Dans un monde idéal, elle se serait précipitée dans ses bras. Ils se seraient enlacés, embrassés, avant de partir vers le soleil couchant sur un fier destrier. Mais le monde idéal n'existait pas.

Nour se contenta de le sonder en gardant ses distances. Ces derniers jours, elle l'avait vu passer quand il se rendait sur la terrasse. La musique lui avait servi d'appât.

– Tu es vivante !

David avait eu vent de la catastrophe plusieurs années après qu'elle s'était produite. Par hasard, comme souvent. Alors qu'il piétinait dans une file d'attente. Deux femmes discutaient dans son dos. Au début, il n'avait pas fait attention à ce qu'elles racontaient. Puis son esprit avait été accaparé par leurs paroles. Il était question d'une fusillade dans un centre de vacances qui avait été transformé en camp. Un carnage.

– J'ai eu de la chance.

Lorsque les hommes armés avaient surgi dans le bungalow, Nour avait plongé sous la table comme on le lui avait appris à l'école. Un réflexe de survie. Très vite, les détonations avaient retenti. Sèches. Brutales. Thomas avait été projeté en arrière, le ventre transpercé. Sonia s'était écroulée sur le côté. Une moitié de visage en moins. Son corps avait été secoué par des spasmes pendant d'interminables secondes avant de s'immobiliser.

Nour s'en était sortie de justesse. Une première balle lui avait pulvérisé la main gauche. La seconde avait déchiqueté sa jambe droite. Et la troisième lui avait fracturé le bassin. Un traumatisme crânien avait complété le tableau. Sans compter les éclats de verre et de bois qui s'étaient fichés dans sa peau.

Il s'en était suivi trois semaines de coma, une vingtaine d'opérations, deux années d'hospitalisation.

– Je ne suis plus celle que tu as connue.

– Mais tu es toujours aussi belle.

David retint son souffle. Sa dernière phrase lui avait échappé.

– Tu parles ! Avec ma patte folle, je ne ressemble pas à grand-chose.

Elle fit deux pas. Sa jambe droite lui imposait une certaine raideur. Une légère claudication qui n'enlevait rien à la magie de l'instant.

David s'étonnait de ne pas l'avoir repérée en premier. Il connaissait le camp par cœur, dans ses moindres recoins. Il en avait classé les habitants, selon des critères de confiance qu'ils lui inspiraient. Et Nour lui avait échappé.

– Nous sommes arrivés la semaine dernière.

– Nous ?

Nour ne vivait donc pas seule. Quelqu'un l'accompagnait, partageait son quotidien, la chérissait. David réprima un début de déception. Elle ne l'avait pas attendu comme ils se l'étaient promis le matin de son expulsion. Elle s'était amusée, elle avait aimé. Elle s'était donnée à un homme, voire à plusieurs.

– Si tu es heureuse, c'est le principal.

– Heureuse ? Je ne sais même pas ce que cela signifie. Tu es heureux, toi ?

David ne s'était jamais posé la question. Il survivait, se maintenait debout, affrontait les éléments. Depuis tellement longtemps maintenant. Il en avait oublié le goût du bonheur. Avait-il seulement été heureux un jour ? Dans son enfance peut-être ? Avec cette mère qui l'ignorait. Ou plus tard ? À l'époque où il passait de camp en camp, obsédé par cette envie de fuir vers un ailleurs incertain. Le bonheur restait un mirage réservé aux privilégiés qui mangeaient à leur faim, avec un toit pour les protéger et une famille pour les chérir. David ne pouvait pas se permettre d'être heureux, de telles futilités pouvant s'avérer dangereuses.

– J'ai accompagné un couple qui cherche ses enfants. Voyager seule reste dangereux. C'est fou le nombre de personnes qui en cherchent d'autres. Beaucoup de familles ont été séparées ces dernières années.

– Je suis bien placé pour le savoir.

– Et moi donc.

– Tu es là, c'est le principal.

Incapable de trouver ses mots, David enchaîna des platitudes sur la météo, sur la déco. Cette scène lui semblait tellement irréelle.

– J'ai mis du temps à te retrouver, le coupa Nour. Il a fallu remonter le fil de ton parcours, depuis ton départ du centre jusqu'à aujourd'hui.

– Comment tu as fait ?

– Je me suis débrouillée.

Nour se laissa choir sur l'un des fauteuils en rajustant le peignoir sur ses jambes.

– Et ton père ? demanda David.

– Sans guiboles, il ne pouvait pas me suivre. La balle lui a coupé la moelle épinière. Il se déplace en fauteuil.

– Je suis désolé.

– Ne le sois pas. Pendant des années, il m'a pourri la vie. À cette heure, il doit être en train de ruminer dans un hospice.

– C'est moche.

– C'est son problème. Tu dois trouver que je suis dure, mais il m'en a fait baver. Il n'arrêtait pas de me rabaisser. Je ne faisais jamais rien de bien. Il voulait me garder à son service comme une infirmière. J'étais sous son emprise. C'est la musique qui m'a sauvée.

– Tu joues toujours du piano ?

– Dès que je peux. Je ne me déplace jamais sans mon vieux clavier. Il n'est pas terrible. La plupart des notes sont fausses. C'est mieux que rien.

David reconnut l'appareil avec une pointe d'émotion.

Ainsi donc, Nour n'avait jamais abandonné son rêve.

– La musique m'a surtout aidée à gagner ma vie. Tu ne peux pas imaginer les bastringues où je me suis produite.

– Des bars ?

– Surtout des boxons. Ça te choque ?

David n'en croyait pas ses oreilles. Nour, sa Nour, travaillant dans un bordel parmi les clients aux mains baladeuses. Il imaginait l'ambiance. Les filles aux tenues affriolantes. Les tentures rouges. Et son amie d'enfance, en train de jouer, dans un coin.

– J'ai cru comprendre que tu ne vivais pas seul, continua la pianiste. Elle est mignonne ta copine. Juste, un peu rustre.

– Angela ? Ce n'est pas ce que tu crois. Nous partageons nos galères, pas plus.

– Vraiment ?

– C'est pas son truc les mecs.

– Cool.

Jour J moins deux semaines

La date du concert approche. Nour passe ses journées à répéter. Personne n'ose la déranger. Pas même les jumelles qui batifolent dehors. Leurs cris égayent le jardin.

La pianiste maîtrise désormais son handicap. Elle connaît ses limites et les accepte. Elle ne sera jamais une concertiste. Elle ne remplira jamais les grandes salles.

Elle joue pour le plaisir.

David évite de la contrarier. Tout comme il évite de croiser Catherine. Il regrette de l'avoir accueillie sous son toit. Il aurait dû s'en débarrasser plus tôt, dès le premier soir. La tempête se serait alors chargée de l'envoyer dans la stratosphère.

Encore une fois, la complicité des filles lui a été utile pour récupérer un échantillon d'ADN à l'occasion d'un goûter qu'elles ont organisé avec leurs amies ; une tribu braillarde et agitée qui courait dans le jardin. Mise à contribution, Nour s'était empressée de subtiliser le verre de sa supposée belle-mère.

Omar, de son côté, ne répond plus aux appels. Personne ne parvient à le joindre. Au potager, David fait ce qu'il peut pour le couvrir auprès des autorités municipales. Mais son absence commence à se voir. Les menaces ne vont pas tarder à pleuvoir. Certes, les quinze heures de travail hebdomadaire ne lui manqueraient pas, le revenu de base pouvant subvenir à ses besoins. Cette occupation lui permet surtout de gâter sa famille nombreuse, de leur acheter des jouets.

Ce matin, David s'est levé du pied gauche, au terme d'une nuit agitée. De vieilles angoisses ont ressurgi. Des images du passé. De l'époque où il vivait seul. Il lui arrivait souvent de se réveiller en sursaut dans l'obscurité avec la certitude qu'un inconnu, tapi dans l'ombre, s'apprêtait à l'égorger. Le moindre bruit l'effrayait. Une goutte d'eau. Un craquement.

Seules ses filles peuvent, désormais, le tirer d'un sommeil profond. Une toux, un soupir suffisent à l'éveiller. Il se précipite alors dans leur chambre, la peur au ventre, prêt à en découdre. La vie de ses proches compte davantage que la sienne. Il pourrait tuer un homme de ses mains pour les protéger, sans aucune hésitation.

Encore perturbé par son cauchemar, David découvre Catherine dans la cuisine, devant un bol au contenu étrange : brun, épais à la limite du gélatineux, immonde. Une odeur nauséabonde flotte dans la pièce.

Sur le coup, David manque de tourner les talons. Affronter cette femme reste au-dessus de ses forces. Mais il se ravise, la salue d'un hochement de tête.

Pendant l'absence de Hugo, toujours retenu chez Omar, dans l'attente d'un antivirus, David doit préparer lui-même son café, ce qui n'améliore pas son humeur. Les tâches domestiques l'exaspèrent.

– Merde ! fait-il en versant de l'eau à côté de la cafetière. Ça commence bien.

Dans son dos, Catherine ne bronche pas. Trois fois par jour, elle engloutit une multitude de comprimés multicolores qui surgissent d'une boîte rose qu'elle remplit le lundi et que personne ne peut approcher. Pas même ses petites filles. Clara en a fait l'amère expérience la semaine dernière. Attirée par la couleur, elle avait subtilisé l'objet, ce qui eut pour effet de déclencher une colère disproportionnée, la grand-mère gâteau s'étant alors transformée en sorcière. Nour a dû intervenir pour calmer le jeu. Depuis, chacun évite le pilulier.

Catherine mange frugalement. Les aliments semblent la dégoûter. Elle s'arrange souvent pour s'absenter à l'heure des repas.

Elle dort peu. Quatre heures par nuit. Cinq, tout au plus. Ce sont, en fait, les heures où elle reste enfermée dans sa chambre.

Toujours tirée à quatre épingles, elle soigne sa mise. À chaque jour, sa tenue. Elle se maquille, se coiffe, se parfume. Jamais négligée. Même au réveil.

Catherine ne boit pas d'alcool. Elle ne fume pas non plus. Son humeur ne varie pas. Jamais elle n'élève la voix, à l'exception de l'épisode du pilulier. Les jumelles la chérissent. Nour l'apprécie. Elle est parfaite.

Trop parfaite pour David qui ne croit pas à la perfection. La mère de ses souvenirs ne l'était pas. Elle buvait, fumait. Constamment de mauvaise humeur, elle n'hésitait pas à insulter le premier quidam venu.

Qui se cache sous cette impeccable chevelure synthétique ? Une femme chauve, comme le pense Nour ? Un androïde ? Quand il observe son robot, David doit admettre que la seconde version manque de réalisme.

– Tu ne me pardonneras donc jamais, regrette Catherine entre deux pilules.

– J'aurais peut-être pu pardonner à ma mère de m'avoir abandonné.

– Je suis ta mère.

Que contiennent ces comprimés ? Des compléments alimentaires ? Des médicaments ? De la came ? Un remède miracle contre le vieillissement ?

– Ma mère est morte dans un accident.

Avant même de recevoir les résultats du test ADN, David s'est lancé dans la recherche qu'il redoutait tant depuis des années. Une étude menée en quelques heures. Une exploration du passé.

Contre toute attente, Catherine n'est pas allée très loin. Quelques jours après son départ du centre de vacances, elle s'est écrasée dans le désert, de l'autre côté de cette mer qu'elle avait finalement réussi à traverser. L'hélicoptère a été pris dans une tempête de sable. Un accident bête.

– C'est la version officielle, rétorque Catherine. Mais je m'en suis sortie.

– C'est la version que je préfère.

David tire une chaise pour s'installer en face de son interlocutrice, sa tasse de café à la main.

Tous les appareils de la cuisine sont connectés à Hugo. Le four. Le frigo. La bouilloire. Sûrement infectés par les virus. Il pense au réchaud à gaz qui rouille dans la cave. Un souvenir de sa vie d'autan. Grâce à lui, sa famille pourra manger chaud, si les soupçons d'Omar se confirment.

– Je me suis également informé sur mon père.

Né de père inconnu. Impossible de remonter plus loin. A-t-il été désiré ? Est-il le fruit du hasard ? Toutes ces interrogations l'ont tourmenté, à une époque, pour finir reléguées au rang des questions sans réponse.

– Comment peut-on abandonner un enfant de dix ans ? insiste David. Et pourquoi avoir eu cet enfant ? Par égoïsme ? Pour s'occuper ? Un matin, on se lève en se disant : « Et si je faisais un gosse. ». Et un autre jour, on le jette sur un coup de tête.

Catherine continue à gober ses pilules. Impassible. Son visage reste inexpressif, comme d'habitude. À croire qu'elle ne ressent rien. Ni joie. Ni colère. Ni surprise. Elle demeure égale à elle-même. Une inconnue.

– Une vraie mère pourrait répondre, déplore David.

– Je ne pouvais pas faire autrement.

– On a toujours le choix. Jamais je n'abandonnerais mes filles. Plutôt mourir.

Catherine ne bronche pas, concentrée sur ses comprimés. Rien ne semble l'atteindre. Se faire traiter de mère indigne ne la dérange pas.

David avale son café d'une traite et se brûle la langue. Cette journée s'annonce difficile.

– Une vraie mère se défendrait.

– À quoi bon se défendre quand on a déjà été condamnée ?

David fracasse sa tasse sur le sol. Un geste qu'il regrette aussitôt, ayant toujours considéré que la colère ne mène à rien si ce n'est à avouer sa propre faiblesse. Puis il contemple les morceaux éparpillés dans le reste de café. Hugo viendra bientôt effacer les traces.

Catherine n'a pas cillé. Un léger sourire semble pourtant s'afficher sur ses lèvres. À moins qu'il ne s'agisse d'une grimace.

– Nour est enceinte, déclare David. Nous allons réaménager la chambre d'amis pour le bébé. Après le concert.

– Félicitations.

David a déjà quitté la pièce.

Jour J moins vingt et un ans

Nour s'ennuyait. Ses élèves s'ennuyaient. Tout le monde s'ennuyait. Elle avait suivi la voie de la sagesse, tracée par ce père qui régissait sa vie.

– Pense à ta mère, avait-il souvent pleurniché. Après tout ce que j'ai souffert, tu vas finir par me mettre à l'hospice. Je n'ai pas mérité ça. T'inquiète pas. Tu seras bientôt débarrassée de moi.

Dans son fauteuil roulant, Thomas maîtrisait l'art de la manipulation, passant des jérémiades aux menaces, toujours prompt à critiquer les décisions de sa fille, qui avait pourtant jeté son dévolu sur la littérature. Et non pas sur la musique, comme elle en avait rêvé. Un choix dicté par la raison, qui lui avait valu bien des tourments. Que de nuits blanches passées à cogiter ! Que de crises d'angoisse ! Que de turpitudes ! Pour quel résultat ?

Les élèves n'avaient que faire des livres. Ces objets obsolètes que plus personne n'ouvrait. Lire ne les intéressait pas. Se concentrer sur une phrase relevait de l'exploit. Rien ne pouvait les tirer de leur léthargie.

Face à ces adolescents boutonneux, Nour souffrait. Les lycéens ne l'épargnaient pas. Sa jambe raide. Ses cheveux roux. Tout était sujet à sarcasmes. Elle s'enfermait parfois dans les toilettes pour pleurer.

Elle enseignait dans l'un des établissements scolaires

qui avaient survécu au chaos. Son premier poste, décroché au sortir de l'université. Une bulle de normalité où des adultes étaient censés partager leur savoir. Un petit miracle. Mais personne ne se faisait plus d'illusions. Les professeurs adaptaient des programmes désuets. Les élèves ronflaient.

En tant que victime du terrorisme, elle avait bénéficié d'une confortable bourse. Un pactole qu'elle avait dépensé pour suivre des cours de piano, ses études de littérature se déroulant sans écueils. Peu à peu, elle avait pu retrouver son niveau d'antan.

Lorsque ses connaissances avaient dépassé celle de ses enseignants, elle avait convaincu un éminent professeur de compléter sa formation. Ce dernier la recevait chez lui, une simple pièce située sous les combles d'une vieille bâtisse, aménagée autour d'un demi-queue poussiéreux aux touches recouvertes de nicotine. Pour atteindre l'instrument, il fallait enjamber des piles de partitions jaunies en évitant de renverser les nombreux cendriers qui débordaient de mégots. Quelques bouteilles vides avaient été oubliées çà et là comme autant de témoins de soirées agitées.

Un lit aux couvertures souillées occupait le reste de l'espace. Les volets restaient clos, quelle que soit la saison. D'indéfinissables particules flottaient dans l'air.

Cyclothymique, le maître prenait parfois le temps de la complimenter, lorsque son humeur le permettait.

– Tu es douée. Suis ta voie. N'écoute pas les cons. Ne te laisse pas influencer. Après il sera trop tard. Ne gâche pas ta vie.

D'un ton détaché, il l'encourageait à persévérer.

– Ne fais pas comme moi. Fous le camp.

– Pour aller où ?

– Il y a sûrement quelque part, quelqu'un qui t'attend.
– Je ne pense pas.
– Réfléchis.

En dehors son père, qui la houspillait en permanence, Nour ne fréquentait personne, n'avait aucun ami. Prudente, elle avait appris à se méfier des autres.

Un visage hantait cependant ses rêves agités : David, le seul individu dont elle se souvenait clairement en dehors de ses parents. Une scène revenait souvent. Sur une plage, la nuit, main dans la main, poursuivis par de mystérieux tueurs cagoulés qui finissaient par les rattraper. David se tournait alors vers elle, le crâne perforé par une balle.

– Je t'ai inscrite au concours, lâcha un jour son mentor en allumant une cigarette.

Organisé par le conservatoire de la ville, ce concours offrait à ses candidats la possibilité de se produire en public.

– Vous auriez pu m'en parler avant.
– Pour que tu refuses ?

Nour commença par protester, effrayée. Tout dans cette idée la perturbait. Jouer devant des spectateurs. Se mesurer à de véritables musiciens. Le trac. Son manque d'expérience. Elle ne se sentait pas à la hauteur.

– Si tu as la trouille, on arrête. Je n'ai pas de temps à perdre avec une gamine qui ne sait pas ce qu'elle veut. Tu es immature.

– Je veux jouer du piano.
– Toute seule dans ton coin ? La musique est faite pour être partagée.
– Je n'ai pas le niveau.

Le professeur balaya l'argument d'un geste de la main.

– Si tu ne te confrontes pas aux autres, tu ne connaîtras jamais ta véritable valeur. Réfléchis ! La leçon est terminée.

Nour rentra chez elle en ruminant. D'un côté, cette compétition la tentait. De l'autre, la peur l'empêchait de se présenter. Mais elle ne voulait pas renoncer à sa passion.

C'est donc l'esprit parcouru de sentiments contradictoires qu'elle retrouva son père, ce soir-là.

Comme toujours, Thomas l'attendait dans la pénombre. Il n'avait pas mis le nez dehors depuis plusieurs semaines, refusant de sortir seul avec son fauteuil. Le moindre obstacle le dérangeait. Il avait besoin de quelqu'un pour le pousser même s'il parvenait à se déplacer sans aide.

– Tu as fait les courses ? s'enquit-il.

– J'ai oublié.

– À quoi penses-tu ? Un jour, tu oublieras ta tête.

Quand elle lui parla du concours, Thomas s'emporta :

– Ce n'est pas pour toi. Tu es trop émotive. Jamais tu n'y arriveras. Tu n'es pas à la hauteur. Il faut savoir se contenter de ce qu'on sait faire. Tout cela ne sert à rien. À quoi bon perdre ton temps avec ces sottises ? Ce n'est pas la musique qui te nourrira.

Cette fois, Nour se rebiffa.

– Non seulement je vais participer à ce concours, mais je vais le gagner.

– Ma pauvre fille, tu ne deviendras jamais adulte.

– Tu crois ? Ça veut dire quoi devenir adulte ? Te servir de bonniche jusqu'à la fin de tes jours ? Pousser ton fauteuil ? Laver ton linge ? Préparer tes repas ? Passer la serpillière ?

– Petite traînée.

À partir de ce jour, Nour s'acharna sur le morceau que le professeur lui avait choisi. Un nocturne de Chopin. Ses doigts filaient sur le clavier poisseux, répétant sans cesse le même passage. Le maître ne l'épargnait pas.

– Pas comme ça. T'es nulle. Tu comprends rien. Tu me déçois.

– Je n'y arriverai pas.

– Surtout si tu continues à pleurnicher comme une gosse.

Dans un nuage de fumée, Nour s'acharnait sur le piano pendant que son mentor trépignait, le regard troublé par l'alcool. Parfois, il s'emportait. La colère le dépassait. Les insultes fusaient jusqu'au moment où l'élève fondait en larmes, épuisée.

Certains jours, la grâce était au rendez-vous. Nour se sentait capable de jouer n'importe quoi. Son interprétation frôlait la perfection. Son esprit maîtrisait la situation. Elle vivait.

Puis elle retrouvait l'ennui de sa classe avec la sensation de ne pas se trouver à la bonne place. Tous ces regards vides posés sur elle lui pesaient. L'envie de disparaître, de s'enfoncer dans le sol pour ne plus revenir la saisissait parfois. Elle chassait alors ces idées en s'imaginant au piano, le seul endroit où elle se sentait bien.

Comme elle l'avait prédit, Nour décrocha le premier prix devant un public clairsemé. À Thomas, qui n'avait pas assisté à la représentation, elle annonça ensuite son intention de partir.

– Tu es folle.

– Je n'ai jamais été aussi lucide.

– Si ta pauvre mère t'entendait…

– Laisse-la tranquille. Maman est morte. Et j'ai envie de vivre.

– Où vas-tu aller ? Chez ton prof, ce pervers ?

– Je quitte la ville. Je vais essayer de retrouver David. J'aurais dû le faire plus tôt. Je voudrais savoir ce qu'il est devenu.

– Tu es vraiment folle. Je t'interdis de…

– À partir de maintenant, tu ne m'interdis plus rien. Je prends ma vie en main. Si cela ne te plaît pas, c'est ton problème. Tu trouveras facilement une place dans un hospice.

Jour J moins vingt ans

– T'es sûre ?
– T'inquiète pas.
– Et si quelqu'un nous surprend ?
– On craint rien.

David n'était pas tranquille, peu habitué à s'introduire dans des appartements huppés. Angela avait crocheté la serrure. Ce genre de détail ne l'arrêtait pas. Elle n'en était pas à sa première effraction. À l'intérieur, les meubles d'époque avaient déjà été vidés de leur contenu qui se répandait sur le parquet. Beaucoup de papiers. Des cartes postales. Quelques journaux. Et des crottes de souris.

Des piles de livres s'entassaient sur une grande table, entre des verres, des assiettes, des vases et tout un fatras d'objets insolites. L'ambiance ressemblait à celle qui précède un déménagement, lorsque tout est sorti et pas encore empaqueté.

Recouvrant les lattes d'un parquet fatigué, un tapis dessinait des ramages ridicules. Suspendu au plafond, un lustre oscillait, au gré des courants d'air. Angela venait d'ouvrir la fenêtre.

– J'ai réussi à fourguer l'argenterie, déclara-t-elle en poussant les volets. À des bourges qui s'étaient lassés des couverts en plastique. Mais personne ne s'intéresse aux bibelots.

– Et si les proprios reviennent ?

– T'en fais pas pour eux. Ils sont sûrement en train de pourrir dans une fosse commune.

Sur un buffet, des photos jaunissaient dans leur cadre. Des images d'enfants à divers âges, de famille. Des visages souriants, détendus. Autour d'une table. Aux sports d'hiver. Sur une plage. Des poses ridicules. Des éclats de bonheur. Des fragments de vies brisées.

– C'est du vol.

– Toujours les grands mots. Du vol. Tu fais moins le difficile avec les bouquins que je te ramène. D'où crois-tu qu'ils viennent ?

Accrochées sur un mur, des gravures. Un port. Un voilier. Des montagnes. Un cheval. Un portrait. Sur un autre, un tableau banal. Un étang, bordé d'arbres. Sur l'eau, une barque et son pêcheur. Au premier plan, une jeune fille en crinoline. Les cheveux défaits. Elle tient une ombrelle. Dans le ciel, un nuage, traversé par un vol d'oiseaux. S'agissait-il de canards ou d'oies ? David s'interrogeait. Lui qui n'avait jamais mis les pieds à la campagne. Ses seules connaissances sur le sujet se limitaient aux paysages qu'il contemplait lors de ses nombreux transferts. Verts. Jaunes. Gris. Selon les saisons.

– Elle vaut rien cette croûte.

Angela s'approcha d'un meuble qu'un drap recouvrait.

– Voilà la bête.

L'étoffe glissa sur le sol, laissant apparaître un vénérable piano droit.

– Il a vécu, mais avec une couche de vernis, ce sera parfait.

La surface brune écaillée n'ôtait rien à la majesté de

l'instrument. David traça une ligne dans la poussière. Ses compétences en musique ne lui permettaient pas de prolonger l'expertise.

– Et tu comptes t'y prendre comment pour le transporter ? s'informa-t-il, perplexe. Par téléportation ?

Angela haussa les épaules. Elle avait tout prévu.

– Viens voir.

Un camion, équipé d'une plateforme et d'une grue, s'était arrêté deux étages plus bas, au pied de l'immeuble, occupant toute la largeur de la chaussée.

– Tu n'as pas trouvé plus grand ?

Refroidi par ses dernières expéditions en centre-ville, David n'avait jamais pris le temps de s'aventurer dans ce quartier. Situé à l'écart, il offrait une succession de rues qui se coupaient à angle droit. Des façades en pierre de taille se suivaient, parfaitement alignées, comme autant de signes d'une prospérité révolue.

– J'ai surtout trouvé de la main-d'œuvre.

Angela avait à peine terminé sa phrase qu'une demi-douzaine d'amazones musclées envahissait l'appartement. Des filles aux formes généreuses qui se jetèrent sur l'instrument pour l'entourer de sangles. David s'écarta par peur de se faire écraser tel un vulgaire insecte. Jamais encore, il ne s'était senti aussi ridicule, aussi faible.

En quelques minutes, le piano se retrouva suspendu à un crochet, au-dessus du vide. L'espace d'un instant, David crut que les lanières allaient lâcher. Il imagina le chargement en train d'exploser sur le pavé. Les touches éparpillées. Blanches. Noires. Le bois éclaté. Les pieds écartelés. Une vision d'horreur qui le fit tressaillir. Mais Angela maîtrisait la situation. L'instrument se balançait au bout de son câble comme s'il profitait du moment. Puis il commença à descendre vers la plateforme. Il fut attrapé, déposé, amarré.

– Et voilà le travail ! s'exclama Angela. Tout en délicatesse.

David approuva. Au cours de l'opération, rien n'avait été cassé. Seule une pile de livres s'était écroulée dans un nuage de poussière. Il contempla l'appartement une dernière fois.

– Tu veux laisser une carte de visite ?

Combien d'habitations avaient été pillées de la sorte ? Leurs occupants étaient partis, chassés par les événements, avec l'espoir de revenir rapidement. Ils n'avaient emporté que le strict nécessaire. Des vêtements. Du linge de toilette. De l'argent. Des papiers. Et peut-être du superflu. Des photos. Des bibelots. Des souvenirs.

Très peu avaient reparu. La ville comptait des centaines de logements vides. La plupart avaient été dévastés. Quelques-uns avaient échappé à la désolation. Des familles s'étaient installées dans certains. Elles avaient brûlé les meubles pour se chauffer.

Le son d'une trompe le ramena à la réalité.

– On y va ? À moins que tu veuilles dormir ici.

– J'aurais trop peur des souris.

– Je les décapite avec les dents.

Le temps pour David de fermer la porte de l'appartement, de descendre l'escalier et de gagner le trottoir, Angela s'était déjà installée dans la cabine du camion, derrière l'énorme volant. Ses pieds touchaient à peine les pédales. Elle examina les manettes, testa les boutons, trouva le démarreur.

Cantonné au rôle d'accompagnateur, David s'octroya la

place du mort.

– En voiture Simone, s'exclama la conductrice.

« En toute discrétion », le poids lourd traversa la ville. Sur son passage, les fenêtres s'ouvraient. Des habitants se penchaient. Parfois, Angela devait s'arrêter pour manœuvrer dans les rues étroites. Les badauds s'attroupaient. Ce n'était pas tant la plateforme que son équipage qui attiraient les regards. Les amazones jouaient la provocation. La poitrine en avant. Les yeux papillonnants. Elles prenaient des poses suggestives. Pour finalement dresser des doigts d'honneur à ceux qui les interpellaient.

L'une d'elles avait pris place derrière le clavier et massacrait des airs populaires en secouant la tête de droite à gauche. Une seconde se mit à chanter, un micro fictif à la main, pendant que ses comparses se trémoussaient en hurlant. Le carnaval se prolongeait. À la grande joie des passants.

Enfoncé dans le siège du passager, David tentait de se cacher.

– Au moins, si un jour quelqu'un cherche ce piano, il n'aura pas de mal à le retrouver, soupira-t-il.

– Tu n'es jamais content, rétorqua son amie.

Le convoi contourna la cathédrale, écrasa quelques détritus, effraya les enfants, évita un vieillard, avant de quitter le cœur de cette cité déconcertante.

À l'arrière, les filles s'étaient calmées. Elles se contentaient de papoter en fumant des joints. Un moment, le camion longea les rails du tram avant de bifurquer vers le centre commercial.

– Un jour, il faudra tout raser, prophétisa David. On remplacera les parkings par des potagers qui nous permettront de nourrir la population.

– Dans tes rêves.

– Sans rêve, on ne fait rien.

Arrivé à destination, David sauta de la cabine pour s'introduire dans le camp pendant qu'Angela s'occupait du chargement. Il interrompit Nour qui maltraitait son pitoyable piano électronique. Les sons étranges qui en sortaient ne ressemblaient à rien. Elle méritait mieux.

– J'ai quelque chose à te montrer.

– Maintenant ?

– Tu ne le regretteras pas.

Il entraîna la pianiste dans les allées du centre dont il remarquait désormais la décrépitude. La plupart des abris s'étaient vidés. Les derniers résidents croupissaient dans l'humidité, tapis dans l'obscurité. Comme des rats.

L'heure était venue d'envisager un déménagement. Peut-être dans l'un de ces mobile homes que la municipalité prévoyait d'installer dans des parcs. Une idée à creuser.

Quand elle vit le piano qui avançait, encadré par les amazones, Nour s'arrêta.

– C'est quoi ? demanda-t-elle bêtement.

– Une trompette.

À l'issue de son voyage, l'honorable engin avait perdu de sa splendeur. Il inspirait le respect, ou, au pire, la pitié. L'un des pieds avait égaré sa roulette. Il ressemblait davantage à une épave rejetée sur le rivage qu'à un instrument de musique.

– On le met où ? se renseigna Angela.

Nour l'examinait d'un œil expert, vérifiant l'état du clavier, des cordes, de la structure. Les pédales. Elle grimaça.

– Il sera mieux ici, commenta David.

– Il risquait de finir en petit bois dans une cheminée, ajouta Angela.

– Et son propriétaire ? s'informa Nour, sceptique.

– Parti. Disparu. Volatilisé, répondit Angela. Quand il reviendra, on lui rendra. S'il revient un jour.

Les amazones montraient des signes d'impatience. Elles avaient d'autres chats à fouetter. Des livraisons à effectuer. Des gravats à déblayer. Une chaudière à transporter. Un match de water-polo à préparer. Après les remerciements d'usage, elles s'éclipsèrent d'un pas chaloupé sous le regard rêveur d'Angela.

Nour n'avait pas terminé son inspection. Elle testait les touches, une par une, produisait de chaudes sonorités. Soudain, elle se redressa, satisfaite.

– Il est désaccordé, mais ça peut aller. J'ai connu pire.

Puis se tournant vers David.

– On va lui trouver une petite place.

Jour J moins cinq jours

Rebecca Latour ne passe jamais inaperçue. Dès qu'elle entre en scène, les regards se portent sur sa personne. Les hommes la déshabillent. Les femmes l'envient, parfois même la jalousent. Elle ne suscite pas l'indifférence.

Ce soir, elle arbore une robe rouge, courte, moulante. Ses talons effilés claquent sur le parquet ciré. Un minuscule sac à main écarlate pend au bout de son bras. Elle avance d'un pas décidé, un pied devant l'autre. Une démarche étudiée, les épaules dénudées se maintiennent à l'horizontale, les hanches sont relâchées.

Comme toujours, sa coiffure est impeccable. Aucune mèche ne se rebelle. Ses longues boucles brunes descendent en cascade dans son dos, se soulevant doucement à chaque enjambée. Elle a peaufiné son maquillage. Lèvres rouges. Paupières sombres. Cils épais.

Un pendentif rebondit sur sa poitrine. Une croix. Des créoles dorées oscillent à ses oreilles. Des bracelets étincellent à ses poignets.

Décidément, Rebecca Latour sait s'y prendre.

Elle sait aussi se faire attendre.

David est arrivé en avance. Pour l'occasion, il a troqué son bermuda élimé contre son chino, et son éternel tee-shirt contre sa chemise. Une veste noire empruntée à Omar apporte la pointe de respectabilité qui lui manque souvent.

Mais il a gardé ses sandales.

Il n'a pas hésité longtemps avant d'accepter l'invitation. Dîner dans le meilleur restaurant de la ville ne se refuse pas. Un établissement non seulement réputé pour sa cuisine, mais également pour son ambiance. Ici, pas de robots pour vous servir, juste des êtres humains, des serveuses, des serveurs, du personnel compétent.

Le cadre mérite le détour. Avec son éclairage indirect, son mobilier en bois, ses poutres apparentes, ses nappes immaculées, ses bougies sur les tables, ses photos de la ville en noir et blanc, son absence totale de musique. Une discussion peut être menée sans avoir besoin de se briser les cordes vocales. Il est possible d'entendre son interlocuteur.

Avec le temps, David s'est embourgeoisé. Il apprécie désormais les belles choses. Il a surtout appris à prendre du plaisir. Nour n'est pas étrangère à cette conversion. À son contact, il s'est apaisé. Il ne court plus après ses chimères.

Rebecca Latour le tire de sa rêverie. Son regard pétille. Sa bouche frémit.

– Bonsoir David, susurre-t-elle.

Une vague de chaleur submerge l'intéressé. Finalement, ce dîner n'est pas une bonne idée. Il aurait dû suivre les conseils de Nour. Refuser.

Dans un froissement d'étoffe, Rebecca Latour s'assoit. Elle rayonne, émet des ondes, électrifie l'atmosphère. Peu à peu, les conversations qui s'étaient tues à son arrivée reprennent.

– Je suis heureuse de vous revoir.

– C'est un plaisir partagé.

Elle pose une main aux ongles carmin sur la table.

– Je ne pensais pas que vous accepteriez.

– Moi non plus.

David n'a pas l'habitude de sortir seul le soir. La compagnie des siens lui suffit. Jouer avec les jumelles. Leur inventer des histoires. Les voir grandir. Que demander de plus ? Parfois, il se love dans le canapé, un livre à la main, pendant que Nour répète, comme ils le faisaient jadis. Il profite de l'instant, se laisse emporter par ses pensées.

Le maître d'hôtel vient prendre leur commande. Pour l'entrée, David se fie à son instinct. Un velouté de légumes. Puis il jette son dévolu sur une lotte, et sa compagne, sur une joue de porc. Un sorbet attire ensuite leur attention. Au citron pour lui, aux fruits de la passion pour elle. Un moment de douceur ne pouvant pas faire de mal. Des plats que ni l'un ni l'autre n'ont coutume de manger. Pour arroser le tout, ils tombent d'accord sur un vin blanc.

Le vin. Encore une chose que Nour lui a enseignée. Dans sa jeunesse, David ne buvait que des sodas frelatés fabriqués à l'arrière d'obscures officines. Une marque locale aux mystérieux ingrédients qui lui trouaient parfois l'estomac.

Les produits qu'ils vont déguster ce soir coûtent une fortune. Les convois qui les transportent doivent traverser des régions dangereuses, parcourues par des bandes de pillards qui n'hésitent pas à les attaquer. La plupart des marchandises se vendent ensuite au marché noir à des prix exorbitants.

– J'ai entendu dire que vous attendiez un troisième enfant.

– Les nouvelles vont vite.

– Félicitations ! Éduquer des gosses. Voilà une belle aventure. Je ne sais pas si j'en serais capable.

– Cela nécessite un certain sens du sacrifice.

David laisse la jeune femme goûter le vin. Un liquide doré qui roule ensuite sur sa propre langue. Fruité. Frais. Parfait.

– Je ne saurais pas m'en occuper, continue Rebecca Latour. J'ai déjà du mal à m'occuper de moi.

– Cela ne se voit pas du tout.

– Merci. Vous êtes gentil.

– Je cache bien mon jeu.

– Vraiment ?

Rebecca Latour sourit. Ses narines se dilatent. Elle pose ses lèvres sur le rebord de son verre, ferme les yeux pour mieux se concentrer sur le nectar, soupire. Sa poitrine se soulève.

– Vous n'avez peut-être pas trouvé le bon géniteur.

Elle lâche un petit ricanement.

– On ne sait jamais sur qui on tombe. Les gènes sont trop complexes pour être confiés au hasard. L'idéal serait de pouvoir les sélectionner en fonction de ses propres critères afin d'éviter les mauvaises surprises. Vous ne croyez pas ?

– Dans ce domaine, je suis plutôt vieux jeu. Je préfère me fier à la nature.

Une serveuse les interrompt. Jeune, plutôt jolie. Une tenue sobre. Parfaite pour se fondre dans le paysage. Elle pose les entrées sur la table. Une soupe orangée pour David. Des crudités multicolores pour sa compagne. La qualité semblant primer sur la quantité.

– Ah, la tradition ! s'amuse Rebecca Latour après le départ de l'employée. Je ne vous croyais pas aussi conservateur. Vous devriez pourtant savoir que les choses ne se sont pas toujours produites comme on le voudrait, surtout en matière de procréation.

— Mes enfants ont été conçus normalement.

— Je ne parle pas de vos filles. Mais vous avez pris un gros risque.

— Quel risque ?

— Au mieux vous auriez pu être stérile. Au pire, elles auraient pu rencontrer des problèmes de développement.

David contemple son velouté. Un parfum sucré lui titille les narines.

— Arrêtez de tourner autour du pot, déclare-t-il. Dites-moi tout. Vous en mourrez d'envie.

Mais son interlocutrice maintient le suspense, tandis que sa fourchette remonte quelques lamelles de carottes à ses lèvres entrouvertes. Jamais des crudités n'ont été autant appréciées, à en croire le temps qu'elle prend pour les déguster.

Autour d'eux, des amoureux profitent de leur soirée. L'ambiance est feutrée. Personne n'élève la voix. David note l'absence d'enfants.

— Votre maman ne vous a rien expliqué.

— J'ai l'impression que vous en savez plus que moi.

Rebecca Latour pose sa fourchette.

— Bon, dit-elle.

Son regard balaie la salle.

— Je vais donc commencer par le début.

Des traces de rouge sont incrustées sur son verre. Elle les découvre en souriant avant de boire une gorgée.

David s'impatiente. Cette mise en scène l'agace.

— Il y a longtemps, dans un monde moins perturbé que

le nôtre, les États intervenaient dans tous les domaines. Non seulement au niveau économique, mais aussi dans la vie des gens. Beaucoup de choses étaient interdites sous couvert de morale, de religion, ou d'idéologie. Les initiatives étaient brimées, le progrès freiné. Heureusement, des équipes de chercheurs travaillaient dans l'ombre, financées par de généreux mécènes. Des programmes d'études étaient lancés. Notamment en génétique. Certains couples réclamaient des innovations. Ils voulaient choisir les caractéristiques de leur future progéniture. Le sexe. La couleur des yeux ou des cheveux. Le QI. La force. Les goûts. La technologie permettait cela. Ils étaient prêts à payer le prix. Un nouveau marché s'ouvrait avec de gros bénéfices en perspective. Des tests ont d'abord été effectués sur des cellules, sur des animaux, puis sur l'homme. Le projet prévoyait de fabriquer un embryon à partir des gênes de plusieurs donneurs et donneuses anonymes puis de l'implanter dans l'utérus d'une volontaire. Pour la première expérimentation, sur les dix candidates sélectionnées, une seule remplissait l'ensemble des critères, notamment psychologiques. Elle ne devait pas ressentir d'empathie pour ce fœtus qui n'était pas censé naître, son développement devant être interrompu avant le terme. Évidemment, rien ne s'est passé comme prévu. Le laboratoire a dû fermer, faute de crédits, et les chercheurs sont entrés dans la clandestinité. Livrée à elle-même, la femme a conservé l'enfant. Il était trop tard pour avorter. Vous devinez la suite.

David est multitâche. Il est capable de manger et d'écouter en même temps. Ce qu'il ne s'est pas privé de faire pendant le discours de son interlocutrice. Le potage est délicieux. Pour un peu, il en commanderait un second.

– Si je comprends bien, cette femme était une sorte de mère porteuse, conclut-il.

Rebecca Latour l'observe, intriguée par sa réaction.

Mère porteuse. Il se souvient d'avoir lu ce mot quelque part. Dans un article ou dans un livre.

– Tout à fait. Elle a porté un embryon qui a été produit à partir des gènes de plusieurs donneurs et donneuses.

– Un enfant multiparental en quelque sorte.

La serveuse vient récupérer les assiettes vides. David la suit du regard avant de revenir sur le visage attentif qui lui fait face.

– Vous êtes bien informée, enchaîne-t-il.

Le temps de remplir les verres, David pense aux résultats des tests ADN qu'Omar lui a transmis. Comme il l'avait ressenti, Catherine n'est pas sa mère biologique ce qui ne l'empêche pas d'être une mère porteuse. Cette femme n'est pas non plus un robot.

– En quoi cela me concerne-t-il ? s'informe-t-il.

– Tout laisse croire que vous étiez cet enfant.

– Carrément ?

Bidouillé. Le mot d'Omar lui revient en mémoire.

– Qui vous a raconté ces fables ? demande-t-il.

– La principale intéressée, votre mère. Nous avons enquêté sur vous sans rien trouver d'intéressant. Nous n'avons pas réussi à remonter au-delà de votre arrivée au camp de rééducation. Votre dossier médical est vide. Vous n'avez jamais été malade ni vacciné ?

– Pas que je sache.

– Et vos filles ?

– Elles pètent la forme.

– Vous avez de la chance. Comme je vous l'ai dit tout à l'heure le risque était important.

Rebecca Latour lâche un sourire désolé. Cela fait partie de son personnage. Elle vide son verre pour se donner une prestance, minaude, commande une nouvelle bouteille. Elle sait jouer de ses charmes ou détourner les conversations selon les circonstances.

– Quel était l'objectif de cette expérience ? insiste David.

– Le profit. Un nouveau marché s'ouvrait. Accessoirement, il s'agissait de créer, un être humain parfait, débarrassé de tous ses défauts tels que les maladies physiques et mentales, par exemple. Vous êtes peut-être le premier spécimen d'une nouvelle espèce.

– Wouaa ! Ça fout les jetons. Vous n'avez pas peur que je m'envole sans payer ?

– Vous êtes mon invité.

– Ou que je disparaisse ? Je pourrais aussi me transformer en monstre ? Rassurez-vous, je ne possède aucun super-pouvoir.

Rebecca Latour sourit. Le reflet vert que David avait déjà remarqué éclaire brièvement son regard.

– Si l'information devenait publique, beaucoup de femmes voudraient procréer avec vous, annonce-t-elle.

– C'est une proposition ?

– Vous pourriez offrir vos gamètes à l'humanité.

L'idée de la jeune femme se fraye un chemin dans le cerveau de David. Une telle opération ne pourrait lui apporter que des avantages, à supposer que Nour soit d'accord, ce qui n'est pas gagné.

– Si tout s'était passé comme prévu, ni moi ni mes filles n'existerions.

— En quelque sorte.

Perturbé, David préfère ignorer le précipice qui vient de s'ouvrir sous ses pieds. Il pense ensuite à ce troisième enfant qui se forme dans le ventre de Nour. Aura-t-il autant de chance que ses sœurs ?

— Vous venez souvent ici ? souffle son interlocutrice, d'une voie innocente.

David tarde à répliquer, tellement la question lui semble incongrue après ce qu'il vient d'entendre. Comment pourrait-il offrir un tel repas à sa famille ? Ces finances ne lui permettent pas. De toute façon, les jumelles préfèrent manger dans des gargotes, ces endroits pleins de vie où elles peuvent s'amuser sans déranger les tables voisines.

Les plats de résistance arrivent.

— Je ne viens jamais ici, finit-il par avouer. C'est trop dangereux.

— Dangereux ?

— Je risque d'y prendre goût. Tout ce faste. Ces jolies assiettes. Ce vin délicieux. Ces serveuses. Je ne mérite pas ça. N'oubliez pas que je suis un réfugié, un étranger, un moins que rien. J'ai vécu dans des camps. J'ai connu le froid, la faim. Je me suis parfois battu.

— J'ai lu ça dans votre dossier.

La lotte nage dans une sauce épaisse, appétissante. Un cône de riz blanc se dresse tel un volcan.

— Une chose est sûre, reconnaît David. Vous ne manquez pas d'imagination.

— Vous ne me croyez pas ?

— Disons plutôt que certaines affirmations mériteraient d'être confirmées.

– Je vous comprends.

Rebecca Latour goûte sa joue de porc. Une ridicule bouchée. Une petite gorgée de vin. Un léger sourire.

– Moi-même, j'invente des histoires pour mes filles. Elles n'en sont jamais rassasiées. Clara est romantique alors que Fanny préfère l'action. C'est un moyen de les différencier.

À chaque soir, son conte. Des princesses volent au secours de leur prince. Des voyageuses intersidérales sauvent des mondes. Des héroïnes chevaleresques explorent de nouveaux territoires. Des chasseuses de spectres massacrent à tout va. Les jumelles ne deviendront pas des saintes nitouches. Elles sauront se défendre.

– J'en avais justement préparé une pour ce soir. J'ai dans l'idée qu'elle peut vous intéresser.

– J'ai passé l'âge.

– C'est une faveur que je vous demande.

– Dans ce cas, je vous écoute.

Afin d'étirer un peu plus la soirée, David remplit de nouveau les verres. Cette femme ne manque pas de charisme ni de charme. Son sourire énigmatique. Sa voix. Ses gestes. Son maintien. Tout semble calculé.

Pourtant derrière ces apparences, une pointe de fragilité se devine. Dans le regard, peut-être. Quand elle est désarçonnée par une remarque. Ou quand il ne réagit pas comme elle l'avait prévu. Une étincelle d'incompréhension surgit alors, pour aussitôt s'éteindre lorsqu'elle parvient à se maîtriser. Son armure mériterait d'être fendue. Son cas n'est pas désespéré.

– Dans quelques jours, une liste de noms va être diffusée sur les réseaux, commence David.

— Ce ne sera pas la première. La délation est devenue un sport national de nos jours.

— Certes. Les individus qui figurent dessus ont été contactés par ces fameuses élites dont on nous rebat les oreilles. Vous en avez sûrement entendu parler. Des types fortunés qui vivraient sur des îles artificielles. Ils nous auraient envoyé des émissaires pour préparer le terrain.

Rebecca Latour continue de picorer dans son assiette. Son appétit de moineau ne doit pas lui permettre d'absorber davantage de nourriture en une seule fois.

— Toujours est-il que ces privilégiés seraient en train d'organiser leur retour. Faut les comprendre. Cela ne doit pas être amusant de passer ses journées sur l'eau. Ils doivent s'ennuyer les pauvres. Franchement, je les plains.

— Comment comptent-ils s'y prendre ?

— Rien de plus facile. Cela fait des années qu'ils préparent leur coup. Nos appareils ont été infectés par un virus. Le moment venu, un signal déclenchera le chaos. Toutes nos machines deviendront inutilisables. Plus rien ne fonctionnera. La suite est facile à imaginer. L'anarchie. Les émeutes. Les pillages. Et quelques hommes et femmes se porteront volontaires pour tout organiser puis pour rendre le pouvoir aux élites, qui seront les seules à être capables de tout régler. Et pour cause.

Rebecca Latour vient de finir son assiette. Elle pose ses couverts.

— Elle n'est pas drôle votre histoire. Je m'attendais à quelque chose de plus romantique qui se conclut par : ils vécurent heureux et eurent beaucoup d'enfants. J'espère que vous n'allez pas la raconter à vos filles. Vous risqueriez de les décevoir et de gâcher leur sommeil.

La lotte commence à refroidir. David attaque le riz d'un coup de fourchette avant de glisser un morceau de poisson entre ses lèvres.

– Vous avez raison. Il faudrait que j'ajoute une héroïne.

– Quel genre d'héroïne ?

– Une femme qui accepterait de changer de camp au dernier moment, par exemple. Elle dirait tout ce qu'elle sait. En échange, elle ne serait pas poursuivie et pourrait même continuer à vivre ici.

– Une traîtresse ?

– Ainsi cette histoire ne s'achève pas comme prévu. Un antivirus est installé sur tous nos appareils et rien ne se produit. Les émissaires quittent la ville en catastrophe. Et leurs contacts se trouvent livrés à eux-mêmes. Pour certains, cela se termine très mal. D'autres, en revanche, s'en sortent mieux en collaborant.

Une nouvelle fois, leurs assiettes vides s'envolent. Elles traversent le restaurant pour rejoindre les cuisines.

Rebecca Latour n'a pas cessé de sourire. Un instant, elle joue avec sa cuillère qui tourne autour de ses doigts. Sa seconde main, posée sur la nappe, montre un début de nervosité, l'index battant une mesure silencieuse.

Lorsque son dessert arrive, elle s'empresse de déguster le sorbet. Elle ferme les yeux, concentrée sur les fruits de la passion.

– Ce serait dommage de se priver de ces délices, soupire-t-elle.

– Pourquoi s'en priver, alors ?

Jour J moins vingt ans

– Mes premières tomates !

À chacun la sienne. Les deux rondes pour Nour et Angela qui venaient de le rejoindre sur la terrasse du centre commercial. La verte pour lui.

Une première récolte qui en annonçait d'autres, ailleurs. Tout au moins l'espérait-il. Car David avait l'intention de poursuivre l'expérience en acquérant le savoir-faire de la culture maraîchère. S'instruire. Se former. Devenir quelqu'un. Enfin ! Après toutes ces années d'errance, il était temps pour lui de prendre son futur en main.

– Délicieuse ! s'exclamèrent en chœur les deux amies.

David se sentit rougir, comme une tomate, peu habitué aux compliments.

– N'en faites pas trop.

Éparpillés dans leurs bacs, les légumes profitaient du soleil déclinant. Sur cette terrasse, David avait beaucoup appris.

Les étranges variétés de plantes qui poussaient entre les pieds de tomates avaient déjà été cueillies par Angela, qui s'était chargée de leur commercialisation. La clientèle ne manquait pas.

– Je n'ai rien mangé d'aussi bon depuis… commença Nour.

– Depuis une éternité, compléta Angela.

Dès leur première rencontre, les deux filles s'étaient parfaitement entendues. Aucune gêne n'était venue s'immiscer entre elles. Aucune distance. À croire qu'elles s'étaient toujours fréquentées. La brune aux cheveux en brosse et au regard déterminé. La rousse à la tignasse bouclée et aux yeux verts en amande. Deux personnalités. Deux facettes d'un idéal, peut-être.

Parfois, David se laissait porter par de telles réflexions, le soir, sur son matelas défoncé, après la séance d'arrosage ses plantations.

Deux femmes l'accompagnaient désormais. Deux femmes qui le soutenaient. Deux sœurs. Deux camarades. Chaque journée tenait du miracle. Même s'il lui manquait quelque chose d'indéfinissable. Quelque chose qu'il n'avait jamais connu.

D'un autre côté, la complicité de ses deux amies le perturbait. Les heures qu'elles passaient ensemble, sans lui. Leurs plaisanteries. Leurs rires.

Depuis l'arrivée de Nour, Angela n'était plus la même, souriant davantage, se montrant plus présente, choisissant mieux ses vêtements. Elle avait troqué son treillis contre des tenues qui la mettaient en valeur. Une métamorphose qui intriguait David.

De temps en temps, il surprenait les donzelles en train d'échanger un regard. Il leur arrivait même de se moquer de lui, de ses principes, de ses habitudes de vieux garçon, ce qui avait le don de l'agacer. Alors elles pouffaient en se donnant des coups de coude.

David découvrit ainsi un nouveau sentiment : la jalousie. Ce poison qui se répand lentement. Un soupçon qui devient certitude. Peu à peu. Jour après jour. On croit pouvoir l'endiguer, mais quand il apparaît, le mal est fait. Il est trop tard. Le doute a tracé son chemin, s'infiltrant dans la plus innocente des pensées, transformant l'autre en suspect, en coupable, détruisant tout, la confiance, le plaisir, l'avenir.

Souvent, elles furetaient ensemble, bras dessus, bras dessous, ne se quittaient plus. David les épiait. Le moindre geste l'inquiétait. Une main qui s'attarde trop longtemps sur un bras. Deux cuisses qui se frôlent. Des attitudes qui se ressemblent. Un sous-entendu.

Ce soir-là, les deux conspiratrices semblaient préoccupées. Après avoir mangé les tomates, elles se concentrèrent sur le paysage. Rien n'avait changé. La même désolation continuait à régner sur les ruines du passé. Les bâtiments saccagés rouillaient.

– Alors comme ça, tu nous abandonnes, lâcha Nour.

David dressa l'oreille. Le jus tiède de la Noire de Crimée qu'il était en train de savourer coulait dans sa gorge, mais aussi sur son menton. Il l'avait identifié cette variété dans un magazine que lui avait apporté Angela.

– J'ai envie de voir du pays.

– Les routes ne sont pas sûres, la prévint Nour. J'ai eu l'occasion de m'en rendre compte. Une femme seule reste une proie.

– Je sais me défendre.

Le regard d'Angela embrassa l'horizon avant de poursuivre :

– Des résistants se sont regroupés dans certaines régions, autour de valeurs que je partage. Pourquoi ne pas essayer ? Je garde l'espoir d'un Nouveau Monde.

– Il n'est pas ici le Nouveau Monde ? s'étonna David.

– Je ne crois pas. Les gens veulent recréer ce qu'ils ont connu dans le temps. Ils vont apporter quelques aménagements, mais globalement ce sera pareil. Et je crains que cela se termine de la même façon.

Nour prit alors les mains de la rebelle pour les serrer entre les siennes.

– Je te connais pas depuis longtemps, commença-t-elle. Pourtant, tu vas me manquer. Promets-nous de faire attention à toi. Ne prends pas de risques.

– Tu vas me manquer aussi, ajouta David.

Dans le lointain, les tours de la cathédrale s'illuminaient sous l'effet des rayons obliques du soleil.

– Ne vous en faites pas. Le jour où je reviendrai, ce sera pour rester. Pour le moment, j'ai envie de voyager. Je suis une nomade. Vous avez une vie à construire tous les deux. Vous êtes trop bêtes pour l'exprimer. Vous avez le droit d'être heureux. Alors, profitez-en. Aimez-vous.

Puis s'adressant à David.

– Tu as de la chance.

– J'espère que tu ne nous feras pas attendre trop longtemps, prévint Nour.

Sans prendre la peine de répondre, Angela pointa le nez vers l'imposant édifice religieux.

– Un jour, tu y joueras. Et je serai là.

Jour J moins deux jours

Ce soir, c'est la fête. Hugo est de retour, débarrassé de ses virus, grâce à l'intervention d'un mystérieux hacker qui a fini par trouver la faille. En quelques heures, l'antivirus s'est répandu. La catastrophe annoncée n'aura pas lieu.

Omar en a profité pour redonner un coup de jeune à l'honorable robot. Ses circuits ont été vérifiés. Les roulements à billes des articulations ont été graissés. La mémoire a été défragmentée. Tout baigne.

Hugo n'est pas rentré seul. Une surprise l'accompagne. Une petite boule de poils, recroquevillée dans un carton.

David aurait préféré un chat. Pour son autonomie. Le félin mène sa vie comme il l'entend. Alors que le chien ne peut pas se passer de son maître. Quoi qu'il en soit, incapable de résister à Nour, il a fini par céder.

Le corniaud bondit de sa boîte en jappant. Une longue crinière lui cache les yeux. Les filles sont aux anges. Excitées comme jamais, elles aident leur jeune compagnon à explorer le jardin, son nouveau territoire.

Devant ce spectacle, David ne peut s'empêcher de verser une larme sur cette jeunesse qu'il n'a pas eue. Lui, l'enfant solitaire. À sa droite, Nour lui prend la main comme si elle devinait ses pensées.

Pour une fois, Catherine ne s'est pas éclipsée. Elle a accepté de partager cette parenthèse familiale et même de goûter à la salade que David a préparée pour le dîner. Un événement qui rend la soirée exceptionnelle.

À cette saison, la nuit tombe de plus en plus tôt, sans pour autant rafraîchir l'atmosphère. Une lampe-tempête apporte un minimum de clarté. Juste assez pour distinguer le contenu de son assiette.

Un long débat s'ouvre bientôt, autour des reliefs du repas éparpillés sur la table. Il faut trouver un nom au chiot.

– Victor, propose Clara.

– On a déjà Hugo, rétorque David. Ça risque de faire beaucoup.

– Némo, lance Fanny.

– Comme le capitaine ? commente Nour. Je préfère Amadeus.

– Pour un chien ? s'esclaffe David. Pourquoi pas Ludwig pendant qu'on y est ? Haddock serait mieux.

– Encore un capitaine ! remarque Nour. Si vous cherchez un nom de gradé, autant le baptiser Charles.

– Au pied Charles, s'exclame David. N'importe quoi ! Je préfère un empereur. Napoléon ne manque pas d'allure.

– Yoda, renchérit Fanny.

– Harry, ajoute Clara.

Pendant de longues minutes, les propositions fusent, sous le regard de l'intéressé qui semble comprendre qu'une décision importante va se prendre.

– Au lit ! tranche Nour.

– Déjà ? proteste Fanny.

– On n'a pas choisi de nom, regrette Clara.

– La nuit porte conseil, déclare leur mère, puis se baissant pour ramasser le chiot : Toi tu dors dans la cuisine. On te baptisera demain.

En quelques secondes, la petite troupe est regroupée et ramenée à l'appartement. Le rez-de-jardin présente bien des avantages, à condition de ne pas déranger les voisins.

David pousse un soupir de soulagement. Le calme qu'il apprécie tant est revenu. Enfin. Face à lui, Catherine n'a pas prononcé une parole de toute la soirée. Elle s'est contentée d'afficher un sourire de circonstance dont la sincérité reste à prouver.

– J'ai été un peu dur l'autre jour, reconnaît David. Nous n'avons pas besoin de la chambre d'ami tout de suite. Vous avez quelques mois pour vous retourner.

– Merci.

– Maintenant que votre mission est terminée, vous allez pouvoir souffler.

– Quelle mission ?

Une lune magnifique les surplombe. Lumineuse. Des hommes y ont marché jadis. Un miracle qui reste impossible à reproduire même si la rumeur prétend le contraire.

– Votre amie Rebecca Latour s'est montrée très coopérative.

– Ce n'est pas mon amie.

– Elle a tout reconnu en bloc.

Catherine ne cille pas. Il en faut plus pour la perturber. Elle fixe un point immobile, une épingle plantée dans le firmament.

– Grand bien lui fasse, finit-elle par lâcher.

David n'a pas envie de prolonger cette conversation. Pourtant, depuis quelques jours, une question l'obsède. Plus il essaie de la chasser, et plus elle le taraude, à l'instar de ces papillons qui reviennent sans cesse se jeter sur le verre de la lampe-tempête. Des millions d'années d'évolution ne leur ont pas appris à se méfier des flammes.

– En admettant que vous soyez ma mère, qui est mon père ?

– Je ne sais pas, avoue Catherine.

– Je n'ai pas de père ?

Une fenêtre vient de s'allumer. Les jumelles sont entrées dans leur chambre après avoir déposé le chiot dans son panier.

– Pas au sens où tu l'entends, continue Catherine. Il n'y a pas eu, à proprement parlé, de géniteur ni de génitrice mais seulement un matériel génétique dont je ne connais pas l'origine. Je suis ta mère. Je t'ai porté pendant huit mois.

– Huit mois ?

– La grossesse a été difficile. Un vrai calvaire. Rien ne s'est passé comme prévu.

Une chauve-souris les survole, parcourant sans cesse le même circuit. Cela fait plusieurs années qu'elle niche ici.

– Cet enfant n'était pas désiré, constate David. C'est terrible. Comment peut-on faire ça ?

– Cet enfant n'aurait pas dû naître.

La fenêtre s'éteint. Deux fillettes désirées sont couchées. Dans quelques mois, un nouveau-né viendra les rejoindre.

– Avec Nour, nous avons mis du temps pour en avoir, commence-t-il. Je ne me sentais pas à la hauteur. Je n'étais pas sûr de savoir les aimer. Créer une famille m'effrayait. J'avais peur de les abandonner à mon tour. Je sais que tout peut s'effondrer d'un jour à l'autre. Rien n'est définitif. Avec le recul, je ne regrette rien. Mes filles comptent plus que tout.

Sur cette dernière parole, David se lève, avance de quelques pas en direction de son appartement, puis se retourne.

– Et ces îles flottantes ? demande-t-il. Elles existent vraiment ?

– Elles auraient été construites à l'époque où les catastrophes naturelles se multipliaient. Elles devaient servir de refuge aux principaux milliardaires. Elles se déplaceraient en permanence. Personne n'en est jamais revenu.

David tourne les talons, perplexe. Cette discussion ne l'a pas convaincu. Une dernière question l'incite à revenir sur ses pas.

– Pourquoi avez-vous fait ça ? Porter un enfant. Ce n'est pas anodin.

– Pour l'argent, tout simplement. J'avais de gros besoins. Et on me promettait une belle promotion au sein de l'entreprise.

Écœuré par un tel aveu, David s'éloigne.

Un ultime mystère demeure cependant : pourquoi cette femme est-elle coiffe d'une perruque ?

Jour J moins vingt ans

Pour la vingtième fois, David, le visage éclairé par un néon blafard, vérifia les sangles qui maintenaient le piano à l'arrière de la camionnette. Il jeta ensuite un œil sur son ancien refuge. Comment avait-il fait pour vivre dans de telles conditions ? Dans l'humidité ? Dans l'obscurité ? Dans la crasse ?

– Il est bien fixé ? s'inquiéta Nour en déposant un carton sous l'instrument.

David la prit par la taille et l'embrassa.

– On y va ?

Elle hocha la tête.

Le moteur démarra au quart de tour. Un nuage de fumée noire se forma derrière eux, envahissant la galerie marchande.

Un véritable logement les attendait de l'autre côté de la ville. Le premier pour David, depuis cette maison qu'il avait quittée à la hâte dans son enfance. Ce simple mobile home allait tout changer. Une nouvelle vie commençait.

Jour J

Omar et sa marmaille occupent le premier rang. Pour l'occasion, il a sorti sa tenue de fête. Son costume blanc. Dans ses bras dort la petite dernière, insensible au tumulte ambiant. Rien ne peut la perturber. Pas même les inconnus qui viennent féliciter son père pour son implication dans l'affaire des virus.

Derrière lui, Angela et Hijra encadrent les jumelles. Clara porte sa robe rose de princesse et Fanny, sa panoplie de corsaire. Le sari orange d'Hijra tranche avec l'obscurité de la nef. Angela, quant à elle, a revêtu une liquette blanche sur un pantalon kaki.

Hugo est resté dans le jardin pour surveiller Corto, le chiot baptisé hier. Son nom a finalement été tiré au sort par l'innocente main de Nour qui, par le plus grand des hasards, est tombée sur sa propre proposition.

Le bouche-à-oreille a bien fonctionné. La cathédrale s'est remplie. À tel point que David a dû ajouter des sièges après avoir cru à un fiasco pendant d'interminables minutes. L'heure approchait. Personne n'arrivait. Il avait alors craint le pire, se préparant à ramasser sa pianiste préférée à la petite cuillère. Puis tout s'était déclenché. Par enchantement. Les premiers mélomanes s'étaient présentés. Après un instant d'hésitation, ils avaient choisi leur place avec précaution, comme s'ils avaient peur de déranger. Pas trop près. Pas trop loin. Juste comme il faut. Au centre.

Catherine ne viendra pas. Elle est partie ce matin après de brefs adieux. Les filles n'ont pas réagi, trop excitées par la préparation du concert. Tant mieux. Sa présence pesait. Son absence d'empathie. Son mystère. Tout chez elle manquait de sincérité. Même les jumelles avaient fini par s'en écarter, incapables de s'attacher durablement à cette curieuse grand-mère qui leur était tombée du ciel, un soir de tempête.

Par le plus grand des hasards, Emmanuel Ambroise s'est volatilisé sans laisser d'adresse. D'aucuns prétendent qu'il a pris la fuite. Il aurait quitté la ville pendant la nuit. Son nom figurerait sur une liste que personne n'a vue. La rumeur court. Il est également question de manipulations, de complots. Qui peut distinguer le vrai du faux ? Sûrement pas David qui a décidé de se tourner vers l'avenir.

Le dos appuyé contre un pilier, il observe l'assemblée. Quelques visages familiers lui envoient un signe de la main qu'il rend aussitôt. Mais la plupart des spectateurs lui sont inconnus. Des femmes. Des hommes. De tout âge. Peu d'enfants. Des amateurs de musique classique. Des curieux. Des experts. Des novices. Ils sont venus passer un agréable moment. Ensemble. Sous cette voûte. Coupés du monde, dans l'espoir d'assister à un miracle.

Face à eux, le piano trône sur la scène. Blanc. Brillant. Derrière, un rideau noir cache les coulisses. Dans quelques instants, Nour prendra place sur le tabouret. Elle viendra leur offrir sa musique, sa sensibilité, sa vie. David l'imagine en train de se préparer dans le presbytère. Le maquillage. La coiffure. La tenue. Tout doit être impeccable. Jusqu'au dernier moment, elle a hésité sur ce programme qu'elle répète pourtant depuis des mois. Quelles mazurkas choisir ? Dans quel ordre les jouer ? Fallait-il suivre la chronologie des opus ou, au contraire, se fier à son instinct ? Devait-elle ajouter un ou plusieurs nocturnes ? Et pourquoi se limiter à Chopin ? Un concert trop long ne risquait-il pas de rebuter les spectateurs ?

Incapable de l'aider, David s'est contenté de l'écouter avec attention. Sa culture musicale reste toujours aussi réduite. L'agencement des notes demeure une énigme. Il ne distingue pas la différence entre un *do* et un *la*. Ce qui ne l'empêche pas d'apprécier les œuvres que joue son interprète préférée.

Les minutes s'écoulent. Le public commence à montrer des marques d'impatience. Un bambin qui court dans l'allée. Des connaissances qui s'interpellent. Des regards qui se tournent sur le côté, ou vers l'arrière. Des murmures.

Certains tentent de déchiffrer les vitraux aux couleurs délavées, pour rapidement abandonner, découragés par l'ampleur de la tâche. Au centre se trouve souvent un personnage barbu, auréolé, devant lequel les autres semblent se prosterner. Une imagerie désuète que personne ne comprend plus. À l'exception de quelques irréductibles croyants qui continuent à vénérer les anciens mythes.

Un grincement attire alors l'attention. Une porte latérale s'ouvre sur une Rebecca Latour hésitante, débarrassée de ses atours, vêtue d'un jean et d'un tee-shirt blanc. Une tenue inhabituelle pour cette femme fatale. Son regard parcourt l'assemblée avant de s'arrêter sur une chaise vide qu'elle rejoint.

Son témoignage auprès des autorités a permis de lever un coin du voile. Elle ne savait pas grand-chose, en fait. Des généralités truffées d'incohérences. Des fariboles. Elle a été incapable de fournir le moindre nom, la moindre preuve. Elle n'était qu'un simple pion, chargé d'épauler Emmanuel Ambroise dans sa conquête du pouvoir. Son nouveau rôle de repentie lui sied bien.

    Peu à peu, les vitraux pâlissent. Leur éclat se ternit. L'obscurité gagne du terrain. Les voûtes disparaissent dans la nuit. Les projecteurs s'allument, éclairant la scène. Une faible lumière qui prend de l'ampleur à mesure que les minutes s'égrènent.

    Un murmure parcourt la nef. Le rideau a bougé. Chacun croit apercevoir la pianiste. Mais rien ne se produit. Les planches demeurent vides. Fausse alerte. S'agit-il d'un courant d'air, d'une illusion, d'une hallucination ? David envisage un instant de gagner les coulisses afin de vérifier que tout va bien. Il pense à un incident de dernière minute. Une panne. Un trou de mémoire. Une crise d'angoisse. Un malaise. Une chute. Puis il se résigne à patienter. Nour maîtrise la situation.

    C'est alors qu'elle se matérialise dans sa robe blanche. Personne ne l'a vue arriver. Magnifique. Féérique. Hijra a passé du temps sur cette toilette, et le résultat est au rendez-vous.

    Les bras relâchés le long du corps, la pianiste salue son public, esquisse un sourire. Les applaudissements la font chanceler. Elle semble hésiter. Toute en fragilité. Un souffle pourrait l'emporter.

    Adossé à son pilier, David n'ose pas bouger. À partir de cette seconde, Nour ne lui appartient plus. Il va devoir apprendre à la partager.

    Lentement, la concertiste approche de son instrument, s'assoit sur le tabouret. L'air vibre. Les applaudissements se sont tus. Quelqu'un se racle la gorge.

    Musique.

TABLE

Jour J	9
La tempête	11
Jour J moins dix semaines	13
Jour J moins vingt ans	18
Jour J moins dix semaines	21
Jour J moins trente-six ans	27
Jour J moins dix semaines	32
Jour J moins vingt ans	42
Jour J moins dix semaines	45
Jour J moins trente ans	48
Jour J moins dix semaines	52
Jour J moins trente ans	54
Jour J moins vingt ans	58
Jour J moins trente ans	61
Jour J moins dix semaines	65
La colère	67
Jour J moins dix semaines	69
Jour J moins vingt ans	74
Jour J moins trente ans	77
Jour J moins dix semaines	82
Jour J moins vingt ans	86
Jour J moins cinq semaines	94
Jour J moins trente ans	96
Jour J moins vingt ans	99
Jour J moins trente ans	102
Jour J moins cinq semaines	106

Jour J moins trente ans	109
Jour J moins quatre semaines	112
Jour J moins vingt ans	119
Jour J moins trente ans	122
Jour J moins quatre semaines	125
Jour J moins trente ans	133
Jour J moins quatre semaines	137
Jour J moins trente ans	140
Jour J moins trois semaines	142
Jour J moins vingt ans	146
Nour	149
Jour J moins vingt-cinq ans	151
Jour J moins vingt ans	154
Jour J moins deux semaines	159
Jour J moins vingt et un ans	164
Jour J moins vingt ans	170
Jour J moins cinq jours	177
Jour J moins vingt ans	189
Jour J moins deux jours	193
Jour J moins vingt ans	198
Jour J	199